薯芋香 山风吹来

吃货觅食记

李晓润 著

北京联合出版公司
Beijing United Publishing Co.,Ltd.

图书在版编目（CIP）数据

山风吹来薯芋香：吃货觅食记 / 李晓润著. -- 北
京：北京联合出版公司，2018.10
ISBN 978-7-5596-2374-4

Ⅰ. ①山… Ⅱ. ①李… Ⅲ. ①随笔－作品集－中国－
当代 Ⅳ. ①I267.1

中国版本图书馆CIP数据核字(2018)第165461号

山风吹来薯芋香：吃货觅食记

作　　者：李晓润
出版统筹：新华先锋
责任编辑：郑晓斌　徐　樟
特约监制：林　丽
策划编辑：刘　钊　李晨照
封面设计：吴黛君
版式设计：徐　倩

北京联合出版公司出版
（北京市西城区德外大街83号楼9层　100088）
天津旭丰源印刷有限公司印刷　新华书店经销
字数100千字　620毫米×889毫米　1/16　15印张
2018年11月第1版　2018年11月第1次印刷
ISBN 978-7-5596-2374-4
定价：46.00元

目 录

小河淌水和过桥米线

彩云之南，小河淌水。

我对云南的向往始自那首流传天下的民歌，其次是似乎只在传说中存在的神秘国度大理、丽江和香格里拉，最后是过桥米线和云腿月饼。真正感受彩云之南的过程正好相反，首先接触的是过桥米线和云腿月饼。

南方各省的米线、米粉和北方的面条一样普遍，云南的过桥米线和贵州的花江狗肉一样名声在外，我也是到了云南才真正领略过桥米线的价廉物美，才明白除了筷子般粗的常见品种，过桥米线也有细粉，后者更适合做炒粉。我在大理古城南门口的几个农家小馆做过试验，粗的米线炒出来的效果远不如细粉。其中一次我要求店家用当地特产的树皮（菜名）和泥鳅同炒，当时店里的所有人都觉得我离经叛道，炒出来的效果却出奇的好。我要了一杯色如玛瑙的杨梅酒。这顿不到十元的快餐让我在大理阳光明媚的初冬如沐春风。

云腿月饼是沾一个杭州同学的光。他找了位来自昆明的女友，中秋的时候送我一盒竹筒包装的月饼。我一向对火腿没有好感，认为能够吃到鲜肉就不必食腐，尤其在听说河南和浙江两个著名火腿产地某些店家见利忘义后，更是对火腿敬而远之。但我不得不承认，那盒只有四个的云腿月饼不负盛名。后来看了曾在西南联大读书的汪曾祺先生介绍云腿的文章，对云腿月饼更如情人般相思，只是不知是否只有中秋前后才能一亲芳泽，就算如此也满足了，"金风玉露一相逢，便胜却人间无数"！

相对昆明、丽江，我更喜欢大理。中国很多历史悠久的城市都沧海桑田几经变迁，有些已经和原址相距甚远，成为一座新城，唯有大理一直玉体横陈在苍山洱海间。此前我一直以为《小河淌水》是三峡一带的民歌，因为我在三峡的夜晚见过那种让"情人怨遥夜，竟夕起相思"的月光，到了大理看过苍山洱海才知道，这里才是小河淌水的地方、"海上生明月，天涯共此时"的原乡。

走在大理古城青石铺地的街道上，左望苍山，右眺洱海，在葫芦丝的优美旋律中一边漫步一边和街上走过的美丽"金花"们乱打招呼。热情爽朗的"金花"们大都含笑回应，笑问客从何处来。累了渴了之后，从路边小摊要一碗冰粉。呀，阮肇到天台！

云南给我印象最深的除了"月亮出来"之后的苍山洱海，就是这里的阳光、空气、丰饶的物产和无与伦比的水。我来的时候已经过了冬至，北方很多城市开始使用暖气，但在大理丽江一带，阳光明媚得如同仲夏，空气清新得好像从前。

清澈流动的水是生命的象征，从这个意义上说，很多大城市是死寂之城。云南的各族人民是我闻见所及最善于对待生命之泉的民族，他们的城镇往往先修水路，然后在水路两旁再修街道和房屋，所以无论你在大理、丽江还是丽江附近新开发的旅游区束河古镇，清澈奔流的溪水永远让你感受到生命的活力。丽江的溪水里还有很多彩色的鲤鱼，两岸酒吧林立，华灯照射下鱼儿为了不被流水冲走只好永不停息地游弋，和溪边悠闲的男女相映成趣。走在小河淌水的街上，听着《小河淌水》的旋律，不快乐的人请你离去，因为你很难在这里找到知己。

在很多地方下馆子我们都会担心做菜的原料是否新鲜干净，尤其是小饭馆，到了云南你就是杞人忧天。他们把蔬菜和鱼类都摆在门口的清水盆里，炉灶也是开放式的，你完全可以监控洗菜做菜的整个过程。我在朋友圈里以"老饕"自居，可这些饭馆门前摆放的蔬菜竟有不少闻所未闻,什么树皮、海草,让我大开眼界。我最喜欢吃蘑菇,而云南是蘑菇王国,任何一个小店都有四五种蘑菇。身在香格里拉即是神仙,何必更求不老长生。

大理、丽江的很多小饭馆都是家庭作坊式的,汉语流利的小"金花"负责招呼客人,父母则洗菜做菜,很少另请厨师。我经过观察发现,父母辈的当地人有时卫生习惯不是很好,炒菜喜欢浓油赤酱,而小"金花"往往心灵手巧,最好要求她亲自下厨。小"金花"表面平静,心里欢喜,做菜往往会有神来之笔。

这里的饭馆都卖一种散装的杨梅酒,色如玛瑙,清冽甘甜。醉后枕着溪声入梦。人生只合云南老,苍山洱海好墓田。

冰 粉

在所有冷饮中，我最喜欢冰粉。

西南山野的古木苍藤上，有一种绿果外形酷似风铃，当它们随风摇曳的时候，恍惚听到山水清音。

山里人家就是用这种果实做冰粉。我老家江西把冰粉叫凉粉。有的地方凉拌的米面制品也叫凉粉，害我常常空欢喜一场。还是四川、云南叫它冰粉更恰当，因为它既粉妆玉琢，又剔透冰凉。

冰粉天然冰爽。路边卖冰粉的阿姐直到今天也不用冰箱，但冰粉却能在骄阳照射下依然清凉。

冰粉本身没有甜味，所以必须往里面加糖。一般都加红糖，这一点四川、云南和我老家不约而同。晶莹剔透的冰粉加入红糖，轻轻搅拌后，你喝下的就是一碗玉液琼浆。

冰粉本来和辣椒风马牛不相及，可我发现一个有趣的现象，有冰粉的地方往往也是比较能吃辣的地方，比如江西、四川、云南和湖广。上天似乎怕那里的人们火气太旺，用冰粉给他们清热生凉。

到了北京读书工作之后，我以为从此和冰粉天各一方，直到有一天在王府井和西单先后发现两家名叫蜀香村的四川小吃坊，不但龙眼包、龙抄手和夫妻肺片正宗地道，更有冰粉隽美无双。

蜀香村的冰粉玻璃碗装，使人想起太白诗"玉碗盛来琥珀光"。"天府之国"不愧为美食王国、诗仙故乡，连厨子都解吟能诗如盛唐。

蜀香村还有一个过人之处，那就是清一色的川妹子跑堂，蜀江水碧蜀山青，她们也像巴山蜀水一样清秀明朗。她们含笑端来的冰粉，似乎多了几分甜美清香。

在我离京前夕，两家蜀香村原因不明先后关门，仿佛许我为知己，和我不离不弃。我有个幼稚的想法，如果我有钱，我要把蜀香村的师傅找来，在我的第二故乡杭州开一家冰粉店。我还要买比蜀香村更美的琉璃碗甚至水晶碗，让我在明澈甜美中度过每一天。

这是我和冰粉的水晶之恋。

在所有

冷饮中

我最喜欢

冰粉

粉妆玉琢

剔透冰凉

玉碗盛来

琥珀光

食无鱼

我的家乡是个美丽富饶的南国山村。春天新绿满眼，白鹭飞过梯田。夏天山花烂漫，雨后千山明艳。秋天果香如酒，枫叶也醉红了脸。冬天空旷的田野成了孩子们的游乐园，捉迷藏、掏蜂窝、偷鸟蛋。偶尔下一场大雪，大人小孩奔走相告，不为瑞雪兆丰年，只因老天降新鲜。雪化后不久，草色遥看近却无，春天又重来叙旧。

家家户户都有桃李罗堂前，果子常常熟透落地腐烂，卖不出好价钱，只好吃得肚皮滚圆，亲邻之间互相馈赠。学童们的书包半边装书本，半边装瓜果，书本被果汁染得色彩斑斓，课堂上常有瓜果滚出来捣蛋。

村里的沙土特别适合种西瓜，这里的马兰瓜是江西名产。最有意思的是，我们常能在人迹罕至的林中山涧发现野生的瓜果，这是过路人随手扔出的瓜子果仁餐风饮露自然生长的山珍，绝对的纯天然无污染。

村里的父老乡亲基本上来自同一个祖先，所以互相都以叔伯兄弟相称，口渴了随手摘个瓜，主人往往视而不见，为了避免尴尬甚至闪身避让，给偷瓜者留足离开现场的时间。

蔬菜同样随种随生。有时客人不期而至，外婆难为无菜之炊，我从房前屋后的瓜棚李下变戏法般掏出丝瓜、瓠子和南瓜，加上家里常备的辣椒、鸡蛋和腊肉，外婆很快就能做出几个色香味俱佳的农家小炒，佐以一壶清甜的米酒，宾主尽欢。"料峭春风吹酒醒，山头斜照却相迎"，城里人很难体会这样的意境。

故乡是典型的江南鱼米之乡。中国历史上因为天灾人祸常常引发大规模的饥荒，百姓流离失所、家破人亡，但这样的悲剧很少发生在我的家乡。

南方的江河湖塘到处都是鱼虾，连水稻田里也有泥鳅安家。小时候，带上一个便携的渔网或竹箕，背上一个鱼篓出去捕鱼，是每一个男伢子的赏心乐事。

首先，借口出去捉鱼就不用砍柴、放牛。放牛轻松一点，砍柴比较辛苦，最受不了的是天天重复。其次，平常大人怕有危险不让下河游泳，每次偷偷下水都得提防被发现，等头发干了才敢回家，有了捉鱼的借口就可以名正言顺地整天泡在水里玩耍。再次，捕鱼很少会空手而归，运气好的时候常有惊喜，比如捕获一条大鱼，或从洞里掏出一条黄鳝，定睛一看却是水蛇，吓得大喊大叫落荒而逃。最后，捕鱼还会有额外收益。现在价钱昂贵的野生甲鱼，在我小时候司空见惯，那时候没觉得"裙边"有多好吃，最关心的是甲鱼壳的去向，因为可以用来换摇拨浪鼓的小货郎的姜汁糖。

最容易捕鱼的地方自然是池塘。这些池塘多半在村中心和梯田顶上近山处，实际上是一个个小型水库。钓鱼也是我们捕鱼的重要方式，杜甫诗中提到"稚子敲针作钓钩"，我们也用大头针自己做过鱼钩。我们从没觉得钓鱼是多么悠闲风雅的事情，后来看见很多城里人为钓鱼武装到牙齿，上山下乡不远千里，才明白原来我们一直生活在西塞山前、桃花源里。

钓鱼的乐趣绝不在于某些人标榜的修身养性，而在鱼儿吞钩的激动人心。如果你只是为了做山中高士，不用鱼钩好了，何必不惜重金购买名贵渔具？姜太公是为了让文王上钩，当然得故弄玄虚。

除了常见的草鲢鲤鲫，最想捕捉的自然是甲鱼。大甲鱼一般都生活在深水塘里，我们小孩子只能捉到一斤不到赌气离家出走的小甲鱼。在我离开故乡前发生了一件趣事，有个村里汉子夏夜在莲塘边的晒谷场上乘凉，一只大如小茶几的甲鱼爷爷晚上出水散步，糊里糊涂把村里汉子的铺盖当作荫凉干燥的洞穴，人鱼同榻而眠。第二天早上人先醒过来，结果可以想见。这条甲鱼给他换来一整年的油盐。

故乡少有以捕鱼为生的渔夫，但村村都有水性很好的捕鱼能手。最会捉甲鱼的是个老红军战士，他在反围剿时被缺德的白军打中命根子，没有参加长征，直到晚年才和邻村一个长得很清秀的中年女人结婚。有段时间大陆乡土文学喜欢描述农村的传奇人物，他就是这种人的代表，只是没有作家们渲染的那么风流。

老红军夏天从来都是光着膀子，一身肌肉黝黑发亮，不但不惧蚊虫叮咬，连我们最害怕的乌蜂、黄蜂他也毫不畏惧。我曾在夏天午饭后太阳最毒时看见他在路边砍柴，头上扎一条汗巾，身上大汗淋漓。家园被他野蛮拆迁的黄蜂轮流向他俯冲攻击。行人都躲得远远的，他却若无其事。这种黄蜂毒性很强，有人曾被它们蜇死，我和小伙伴们在掏蜂窝时也领教过它们的厉害，痛得在地上打滚，脸肿得像"番薯头"蜡笔小新，完全变了形。其闪击速度之快、毒性之强使我至今闻蜂丧胆，谈蜂色变。

红军大爷不但不怕烈日毒蜂，水性也好得惊人。他隔三岔

鱼是那种
最鲜最美的
食材
故意想
做得难吃
都不容易

五背着渔叉、网兜独自出门，有时要两三天才会回家，这时网兜里一定装着七八条大甲鱼。那时候无人养殖甲鱼，自然是如假包换的野生甲鱼。我经常旁观他捉甲鱼，他能分辨水塘里不时冒出的无数气泡中甲鱼的谈吐，然后记住方位一个猛子扎下去，浮出水面时手里多半就是一条怒不可遏的鳖相公，几乎从不落空。他的渔叉没有用武之地，基本上成了挑网兜的工具。大多数围观的人和我一样，永远看不出何谓甲鱼的气泡。我曾经当面向他请教，自以为得其要旨，憋足气潜入水中一阵狂摸乱捞，如获至宝抱出水面的指定是一块扁平石头。

我的一个舅舅也是捕鱼高手，他最擅长捕捉沙鸽，一种长不过四五寸，通体透明，骨头很少、肉质鲜美的小鱼。舅舅大不了我几岁，个头甚至还不如我高，我们经常一起玩闹。他读过高中，喜欢朗诵古文，昔日的翩翩少年如今在赣州以收废品为生，不知他捉沙鸽的巧手慧眼是否不减当年。

沙鸽顾名思义，喜欢生活在水中沙里。故乡村前有一条地图上叫"梅江"，本地人却直呼为"河"的大河，除了梅雨季节或山洪暴发，这条河常年清澈见底，细沙如茵。两岸桃红柳绿，桃子成熟时在水中就能偷吃，所以主人防不胜防、无计可施。

沙鸽往往趴在河床的表层，有时待得久了，身上的细沙被流水拂去，它还浑然不知，这时候连我这样的新手也能手到擒来。沙鸽特别老实懒散，只要被人发现，一般都束手就擒，即使偶尔移动，也必在一米之内重新卧倒休息。我常跟在舅舅身后看他捉鱼，有时舅舅把沙鸽藏身的地方指给我看，我却眼大无神、目中无鱼，直到凑得太近把鱼惊起。

记得捕沙鸽多半是在向晚天气，清风徐来，水波微兴，只因近黄昏，夕阳无限好。这时候我纵然为赋新词，也无法强说忧愁。

当年就算是水塘里人工养殖的鱼，也没有人喂饲料，吃的都是水草，而水草没有被农药化肥污染，所以鱼特别鲜美。即使是下锅之前已经死了的鱼，只要放的时间不超过一天，味道和鲜鱼相差不远。现在的鱼只要宰杀之前已死，最好把它放弃。我在北京教书时曾煮过一条半小时前还活蹦乱跳的鲶鱼，起先因为同一楼道的邻居虎视眈眈，我曾担心僧多粥少，后来求人赏脸人家也浅尝辄止，最后连我自己也失去信心，趁人不注意偷偷抛弃。

过去我认为鱼是那种最鲜最美的食材，故意想做得难吃都不容易，现在大概只有浙江千岛湖、新疆喀纳斯和长白山天池这样的地方才留存了人对鱼的鲜美记忆。当年冯谖客孟尝君，因食无鱼弹铗而歌，要求提高待遇。有一天我们的餐桌也会无鱼，不是因为吃不上鱼，而是因为鱼不好吃。

夜雨剪春韭

在故乡的小山村，每当春天来临，最常听到的话题就是"尝新"。

江南丘陵的春天和冬天差别不大，因为山上都是常绿乔木和灌木。只不过冬天的江南像年代久远的山水画，寒山一带伤心碧；春天的江南像刚刚完成的花鸟画，春在村头荠菜花。

东风夜放花千树，蝴蝶窥帘，蜜蜂问路，燕子穿堂入户。面对春天的热情邀请，即使最慵懒的闺中思妇，也会换上绿罗裙，芳洲拾翠暮忘归，秀野踏青来不定。

即使你闭门不出，春天也能让你听到她的脚步。啃了一冬的番薯芋头、白菜萝卜，忽然饭桌上多了水蕹、尖椒和蘑菇，心情自然随着春风起舞。

几乎整个春天，我们每天都在尝新。新摘的辣椒无论水煮还是火烤，都适合做擂辣椒，加上点蒜头和梅菜干，就着芋头青菜糊，最宜下饭。在擂辣椒里多放点盐，用来拌沸水里一捞就起的水蕹，可以让人彻底忘记寒冬。新黄瓜适合和五花肉同炒，新茄子适合做擂茄子，新豆角适合炒纯瘦肉，新采的蘑菇就算在山里也是可遇不可求。

树上结的果刚刚下肚，地里种的瓜又已经成熟。家乡的冬天不是很冷，所以一年之中只怕夏日炎炎。老天爷害怕我们用客家方言骂人，只好倾其所有，用最甜美的果实收买人心。

刚刚离藤不久的西瓜剖开后有一股清甜弥漫。通常甜味由味蕾感知，但西瓜的鲜甜似乎可以用嗅觉闻见。当太阳在天边刚刚升起，把梨瓜、香瓜和露摘下，瓜香沁人心脾，我希望生命里的每一天都这样开始。

夏收之后，新米如期而至。新米做的饭玉润珠圆，只要一盘擂辣椒或擂茄子就能连下三大碗。因为是一日三餐离不开的东西，所以这种欣喜可以持续很长一段时间。我认为二十四节气就应该有一个是庆祝新米开吃。比新米更让人欣喜的只有新糯米。糯米大人小孩都喜欢，大人仿佛看见美酒成坛，小孩最高兴的是可以吃上糯米猪肉芋头焖饭。这种糯米饭放进景德镇产的青花薄胎瓷碗，上面撒点葱花和白胡椒粉，就是玉盘珍馐值万钱。

现在很多瓜果都不按时序，多了一份想吃就吃的随意，但也失去了尝新的期盼和惊喜。我早已离开乡村进入城市，故乡再也回不去了，"夜雨剪春韭，新炊间黄粱"只是一种遥远的回忆。

睡在西瓜堆里的孩子

　　我在外婆的小山村长大。每年夏天西瓜成熟的时候，大人们都把瓜摘下来放在家中空房里或架子床底下。南方山区的地面比较潮湿，加上西瓜本身的凉性，所以平铺在地上的西瓜就成了我的避暑胜地。每到吃午饭的时候，外公外婆发现整天躁动的我忽然不见了，如果不是和小伙伴们漫山遍野追逐游戏，就一定在西瓜堆里龙盘虎踞。

　　我不知道自己在西瓜堆里的英姿，但我长大后见过其他儿童抱着西瓜睡着的样子。和我们那里动辄几十斤一个的马兰瓜相比，瓜堆里的孩子就像一只可爱的小猪，蜷缩着身子睡在他的梦幻国里，那神态比西方油画里躺在圣母怀里的小天使还要馨宁安逸。

那时候可能因为施农家肥的缘故，西瓜放上几个月也不会变质。这样几乎整个夏天，午觉我都不愿睡凉席。不但枕着西瓜入梦，梦里也在吃西瓜。古人把梦境叫作"黑甜乡"，我的梦最名副其实。醒来第一件事就是把美梦变成现实，要求大人剖瓜，不答应就拿起割水稻用的新月形小镰刀在瓜上来回拉锯。我虽然无力把一个大瓜切成两半，但让西瓜挂彩绰绰有余。大人们一看不能再放了，只好拿起菜刀亲自处理。有的瓜熟过了头一碰就破，惊醒睡梦中的我，我摆出一副无辜的样子，名正言顺收拾残局。

就算天灾人祸最严重的那些年月，故乡的风情画里也不缺西瓜的深红浅绿。记不清是什么原因，生产队里的瓜成熟得要早于自留地，所以初夏的正午我们砍完柴回去，到了村口的大樟树下就扔下担子直奔队部所在的古祠。先用祠堂后冰凉的井水洗脸漱口，然后去已经变成瓜库的队部百般挑剔。那时候五分钱就能买到一个还不错的西瓜，当然有时也趁看瓜人不注意，不费分文抱着一个歪瓜离去。把西瓜放到井水里浸泡降温，在小伙伴们见仁见智的催促声中，抱到大树底下用柴刀切开，你一块我一块风卷残云。那种凉生肺腑、甜入心脾的感觉，就像苏东坡笔下的清风明月，在我欢乐无多的人生记忆中取之不尽、用之不竭。

外婆村子里家家都种瓜，那时候交通不便，所以卖不出好价钱，大多自己吃或馈送亲人。小时候村里的归宁女回婆家的标准造型，就是老公挑着两个箩筐，一边装着头戴软帽、昏昏欲睡的孩子，一边装着几个西瓜。媳妇扇着手帕走在后面，拉长了脸很不情愿，埋怨老公不让她在娘家多住几天。我人小鬼大，知道靠探亲吃瓜终究只是蜻蜓点水难以尽兴，所以三岁开始就赖在外婆村里不肯回家。

在仲夏的月光下，少年闰土戴着银项圈在西瓜地里看瓜，我小时候则反其道而行之，摘下银项圈在同样的夜晚去瓜地里偷瓜，幸亏没有遇上闰土和他的小钢叉。人潜意识里都会想偷东西，无关短缺和贫穷，这大概是我们从猿猴进化而来的最有力证据。外婆家里并不缺西瓜，可我和小伙伴还是会做梁上君子。

记得有一回我和小伙伴从邻村看完电影后，突然产生偷瓜的念头。我们偷偷溜到路边小山后的一块瓜地，把几个瓜皮上刻了编号准备做瓜种的大西瓜用拳头砸碎，专吃中间甜而无子的部分，然后把瓜皮远远扔到山下稻田里。第二天整天提心吊胆会不会挨骂，结果毫无动静，到现在也没明白究竟怎么回事，可能是因为瓜太多，主人眼花缭乱没有发现。

离开故乡坐火车北上，过境河南时在车站买过几个小而成熟的西瓜，这让一向认为北方万物皆比南方硕大的我颇费思量。到北京后吃过的好瓜当数产自京郊大兴的京欣，最遗憾没能见到据说"不敢高声语，恐惊瓜开裂"的黑蹦筋。在北京偶尔还可以吃到一些瓜瓤五颜六色据说来自日本的瓜，不得不佩服日本人的生意头脑。那种如碧玉、如琥珀的瓜瓤，美丽得让人不忍动口。

　　我国的名瓜产地有山西榆次、新疆哈密和福建闽中，据说这是清代宫廷贡瓜的三大来源。此外，山东德州"三白瓜"、南京"陵园瓜"、湖北"汉阳瓜"、河南"偃师瓜"都是瓜中极品。吃瓜最好到原产地去，很多瓜安土重迁，一离开原产地就水土不服，让食瓜人分担它的思乡之苦。以我家乡为例，只有外婆村里的瓜好，相隔一条小河的邻村就望尘莫及，真是咄咄怪事。

　　我最近的打算是奔赴新疆吐鲁番，在维吾尔族姑娘《阿拉木汗》的歌舞中，等待吐鲁番的葡萄熟了。吃够我喜欢的马奶子葡萄之后，坐着马车来到哈密的艳阳下，饱餐那上天赐予的仙瓜，迷失在喀纳斯湖的水木清华，经过几度沧桑变化，成为敦煌楼兰的一粒鸣沙。

故乡的酒席

　　在故乡的小山村，办酒席其实就是轮流做东请客。最近几年移风易俗，婚丧嫁娶基本已经不收彩礼，更加符合陆游笔下的乡村即景，"箫鼓追随春社近，衣冠简朴古风存"。

　　除了特别穷困或特别富裕的人家，故乡酒席都是固定的八大碗，大抵以浓油赤酱为基本特色。办酒席的时候远亲近邻都来帮忙，来帮忙的又多是女眷，所以带着她们的孩子。小哥儿们相见，一开始还有点陌生，一会儿就打成一片。相对来说小姐儿们要斯文得多，她们爱惜自己的新裙子，只玩跳绳和抛石子。

开席的当天，早起第一件事是杀猪。我们那儿对杀猪的屠户很尊重，称他们为屠官。屠官需要几个壮汉帮助才能把猪捉住。猪叫声惊天动地，喊得猪八戒在高老庄也能听到，所以连嗜睡的孩子也只好早起。这边屠官剖猪，那边开始温酒。几个莲叶封口的大酒坛前一天已经用稻草编的粗绳缠好，这时只需要把火点着。孩子们不甘插不上手，纷纷拿偷来的鞭炮凑到火前引爆。清脆的炮仗声吓得人一惊一乍，孩子们乐得露出满口蛀牙。

酒席的桌凳往往需要临时东挪西借，另外虽然昨晚已经通知了一遍本村来赴宴的邻里，但早上还要再催一次以示诚意。这些事情我们小孩子也能帮忙出力，不过这是有条件的，必须给我们每人拿上几个"烧鱼"。外地人常把烧鱼理解为炸鱼饼，两者还是有区别的。我们老家的烧鱼通常是鱼块裹面粉下锅油炸。近年趋向于不放鱼肉，纯粹油炸面饼却依然叫烧鱼，已经名不副实。

故乡酒席一般是八仙桌上坐八人，每桌也上八大碗。我能记起来的有红烧肉、鱼丸、肉丸、猪肉冬笋、猪肉粉条、猪肉酸菜和炒海带。还有一道菜想不起来了，最近据说甲鱼、狗肉都已上席。除了鱼丸，这里几乎每道菜都离不开猪肉猪油。袁枚可能正是因此称猪为"广大教主"。过去的猪主要吃草，我们小时候最常做的农活之一就是打猪草。吃草的猪肉有一股清香，而且还能清火解毒。我记得那时每当我吃辣椒或薯片上火，外婆只需买点瘦肉炖汤就能药到病除。

冬笋、粉条、酸菜和海带都是适合用猪油炒的食材，当然也适合和猪肉搭配。猪肉炖粉条和梅菜扣肉是东北菜和客家菜的两个名菜，我们那儿就属客家。笋一般都认为新鲜的好，但经过泡发的冬笋和五花肉简直是天成佳偶。不知道什么原因，这样的搭配离开故乡后在别的地方很少见到。现在很多菜市场都卖切好的冬笋丝，白净诱人。明知道这是放了保鲜调色的化学药剂，我还是时不时斗胆一试，为了儿时那份香浓的记忆。

我怀念故乡酒席的另一个重要原因是喜欢那种热闹气氛。城里人举行婚庆的时候，宾客之间往往比较陌生，所以匆匆吃完饭即作鸟兽散。农村里的客人基本上是远亲近邻，小时候或者吵口打架，或者青梅竹马，昔别君未婚，儿女忽成行，一杯浊酒消融多少人生感伤。农家的甜米酒顺口却容易上头，所以席散后经常有人钻进牛栏或掉进水沟，留给明天一村欢笑。

双城记

上有天堂，下有苏杭。

世界上很少有两座名城如此相像。杭州有西湖和西溪，苏州有虎丘和剑池。杭州有苏堤和白堤，苏州有枫桥和寒山寺。杭州有暖风十里丽人天，苏州有门前一片横塘水。杭州有九溪烟树，苏州有无数名园。杭州有苏小小，苏州有陈圆圆。白居易最忆杭州，韦应物终老苏州。

剑池和枫桥也许不如西湖和苏堤，但"月落乌啼霜满天，江枫渔火对愁眠。姑苏城外寒山寺，夜半钟声到客船"毫不逊色"水光潋滟晴方好，山色空蒙雨亦奇。欲把西湖比西子，淡妆浓抹总相宜"。

在苏杭高速开通之前，我曾从苏州坐长途客车前往杭州。一路山灵水秀，鸟鸣深树，依然是那片最美丽富饶的国土。

梦入江南烟水路。一条古老的运河把苏杭相连。我曾经坐夜航船走过一次水道。那是我最后悔的一次旅行，两岸杂乱无章的建筑和高度污染的河道完全不像我梦中的江南。大运河就像我们的初恋，相见不如怀念。

两座城市本身经过这么多年不计成本的修复，倒是接近自古繁华的钱塘和姑苏。以我比较熟悉的餐馆为例，全国大多数地方的餐馆只要地处繁华闹市，装饰金碧辉煌就自我感觉良好，但苏杭两地的餐馆却可以依托杭州西湖和苏州园林甚至直接开设在风景区里，环境好得令人嫉妒。去过楼外楼的人对那里的菜肴见仁见智，但有幸抢到临窗座位的人对湖上风景都众口一词叹为观止。

在这样的地方用餐，虽然高昂的价格令很多人一去不返，但有幸成为风景的一部分，也算不负大好湖山。

欲把西湖
比西子
淡妆浓抹
总相宜

巧妇妙手

中国古代妇女但凡有才艺者，必遭非议，《小窗幽记》的作者、明朝学者陈继儒甚至说"女子无才便是德"。但女人有一种才艺男人不但不嫌弃，还特别欢迎，那就是厨艺。

除了江浙一带，中国大多数地方还是"君子远庖厨"，做饭的主要是家庭主妇。熟能生巧，千千万万"煮妇"中必然产生一些高手。在很多成年人的记忆里，妈妈做的家常菜天下第一，然而大多数饭店厨师却不是妇女，我至今想不通为何如此。有人说妇女无法应付繁重的厨房杂役，尤其缺乏颠勺的体力，但在我看来，颠勺炫技的成分多过它的实用价值，有几个菜"不能翻炒，须颠勺"？就像有几种药引"蟋蟀一对，要原配"？

人们下馆子其实是一种无奈之举，如果家里有个好厨子，何必去饭馆碰运气？会做菜的女子因此很受欢迎，男人找她做老婆，有钱人请她做厨师。有钱人爱找女厨师原因很简单，男厨师或者横眉立目，或者眉清目秀，让他整天和老婆孩子相见，都给人一种不安全感。

苏联有一部短篇小说《我的爱情和红焖牛肉》，讲述一位女子被人横菜刀夺爱的故事。"我"对英俊的安德烈爱慕已久，为他做了很多事情，但他却选择和娜塔莎结了婚。自以为样样都比娜塔莎强的我心有不甘，多年之后鼓起勇气问安德烈当初为何不选我。安德烈的回答令我几乎昏倒，他喜欢吃娜塔莎做的红焖牛肉！

台湾散文家林清玄描述过一位南洋富豪的美女私厨。这位年轻姑娘是个完美主义者，她煎荷包蛋只要不是标准的圆形，就全部自己吃掉，决不端上主人的餐桌。

我也有幸认识几位女易牙。其中一位是同学的姐姐，她做的菜远比我下过的绝大多数馆子精洁，尤其那款蛋炒饭几乎已成绝唱，二十年来让我念念不忘。另一位是如今远在美国的师妹，当年在校同学期间，每次上完课我都花言巧语哄她献艺。她总能用学生宿舍简陋的厨具把我讨厌的北京豆腐和莴笋变成美食，而她在家里是"谢公最小偏怜女"，根本不用留心厨事。我由此得出结论，和写文章一样，厨艺本天成，妙手偶得之。

以上两位都是北方人，而我对京城的北方馆子几乎没有留下任何印象，不免产生北方饮食文化流落民间的感想。

闻名中外的谭府菜，实际的主持者就是谭家的姨太太。很多男人平生有两大恨事，一是不能娶姨太太，二是老婆不会做菜。这位谭老爷却"四美具，二难并"，让人望洋兴叹。

温柔的曲线

十几年前有部电视剧《康熙王朝》轰动一时。我一向反感男人拖着辫子的清宫戏，所以早已忘记这部戏的剧情，但却牢牢记住了那句主题歌词"沿着江山起起伏伏温柔的曲线"。这句歌词巧妙地把起伏的江山比作女性曼妙的身体，豪放性感但又含蓄蕴藉，远胜很多直白的流行歌曲。后来听说这首歌的作者因为口无遮拦进了监狱，真的替他可惜。

肥肠在很多人看起来很脏，无论怎么洗也心存疑虑，而很多饭店又在用自己的行动证实食客的这种怀疑。但在喜欢吃肥肠的人看来，肥肠也有"起起伏伏温柔的曲线"，想它时柔肠百转，吃完后荡气回肠。

做得好吃的肥肠，绝对登得上大雅之堂。"草头圈子"是传统上海菜的经典之作，更是百年名店"老正兴"的招牌菜。这里的"圈子"就是肥肠。"草头"是指肠头最嫩的"顶叶"，通俗点说就是最上面的三片"叶子"。经过精心处理的草头圈子在保持大肠肥糯的同时去除了大肠的膻气，因此可以让挑剔的江浙食客忘记他们的洁癖。

记者出身的四川美食家车辐老先生在他的《川菜杂谈》中提到二十世纪三十年代成都少城公园内静宁餐馆的"软炸斑指"。斑指是指古人射箭时套在手指上的玉石指环，用来形容切成小段的肥肠非常形象。软炸斑指就是把猪肠清洗蒸煮后裹上芡粉油炸，做法简单却最显厨艺，吃时蘸上葱姜、椒盐、糖做成的调味汁。我在李白老家江油也发现很多专做肥肠的饭馆，味道不错且价格便宜，令游人常常本末倒置，忘记自己此行的目的是参观诗仙故里。

四川人最喜欢吃肥肠也最擅长做肥肠，他们的很多小吃都离不开肥肠，比较常见的有卤肥肠夹锅盔、肠肠粉、蒸肥肠和红烧疙瘩肠。已经失传的还有红肠肠、铁锅卤帽结子。重庆从四川属地升格为直辖市后，重庆的肥肠似乎也要青出于蓝，他们甚至拍过电视剧《唐肥肠传奇》。

"九转大肠"则是一道传统的山东名菜。九转之名，据说来自"九转还丹",意谓精益求精。鲁菜馆都用它作为招牌菜。最近有人把九转大肠列为"中国八大爱情菜品"之一,认为这是一道象征好事多磨,有情人终成眷属的菜式。如果你的情路历经百转千回,最能领略个中滋味。

通过一个男人对肥肠的态度,可以看出他对婚姻的态度。那些特别喜欢吃肥肠的胖子往往人畜无害,一般不会出轨;那些一辈子不敢尝试肥肠的人认为浪漫和自己无关,往往有心没胆;那些浅尝辄止的人认为婚外情缘是一种人生体验,有过一次才可以无憾,这种人会出轨但不会陷入太深。

最可怕的是那种对肥肠没有成见,既不喜欢也不反感的人。这种人不轻易动心,但一旦动心就容易痴缠。女人最喜欢这种人,也最害怕这种人,因为他不肯好聚好散,最终难免因爱成恨,伤心断肠。

采蘑菇的小姑娘

　　据说某些名贵的茶叶只有处子才可以采摘，否则会失去新茶特有的纯香。我们所吃的蘑菇，很可能采自一位田夫野老之手，可是在我们的潜意识里还是希望为我们采撷这些山珍的，是位像蘑菇一样清新的女郎。那首民歌《采蘑菇的小姑娘》所以"流传天下乐闲人"，就是因为迎合了人们尤其是男人的这种幻想。

　　不过，小姑娘确实是采蘑菇的主力军。因为需要翻山越岭，所以年龄大的往往不行；同时需要眼明手快，不然就算看见了蘑菇，也被别人捷足先采。男伢子本来也可以去采，可男孩很

唯有雨后

林间的

第一朵蘑菇

最让我们欣喜

一去不返的

童年

永远让人怀念

少有女孩勤快，偶尔跟姐姐妹妹上山，也一定见异思迁，被漫山遍野的野果吸引，或去追逐野兔蜻蜓，最后不但找不到箩筐，还全身挂彩。小姑娘满载而归，小男孩满脸泪水。

早春的第一朵鲜花，第一声鸟鸣，最让诗人动心，可是对我们山里人来说，这些都司空见惯。唯有雨后林间的第一颗草莓，第一朵蘑菇，最让我们欣喜。因为它们不但清新秀丽，而且鲜美无比，是大自然对我们山里人的格外恩赐。我们欣赏"有用"的美，所以在我们眼里，桃花、梨花远远胜过所谓国色天香的牡丹，"暖风十里丽人天"不如"稻花香里说丰年"。

采蘑菇不是清晨就是雨后。这时候山间空气特别清新，好像也只有这时候才能看见蘑菇，所以我认为蘑菇性情高洁，蘑菇的鲜美大概也肇因于此。小时候，相对于瓜果的需要种子，这看似从地下凭空生长的山珍最让我惊叹造物的不可思议。那种山里蘑菇和农家乌猪肉勾芡同炒的滋味，就像那一去不返的童年，永远让人怀念。

凤凰美食

茨菰叶烂别西湾，莲子花开犹未还。

妾梦不离江水上，人传郎在凤凰山。

———张潮《江南行》

从海宁到凤凰。

从浙江海宁到湖南凤凰。

从徐志摩的家乡到沈从文的故乡。

今年秋天，我无意间行走的路线，正好串起两个中国现代最有才华作家的故园。

在我看来，所有现当代作家中，他们最有可能在文学史上千古流芳。徐志摩让我相信现代汉语也可以写出唐诗宋词一样优美的诗行，沈从文的《边城》只是一个中篇，却足以让很多著作等身的作家汗颜。

今天的凤凰已经没有了沈从文笔下边城的宁静幽远，沱江两岸的吊脚楼几乎都成了旅馆和商店，但边城各族人民纯朴依然，绝不像某些国内城市一样，服务很差却疯狂要钱。这里条件可和很多三星级酒店相比的家庭旅馆淡季只要三四十元，长住月租可以低至数百。想想自己在北京每月花几千块钱窝在烟熏火燎的旧筒子楼，真是鬼迷了心窍。

每天晚上，在沱江上放河灯是凤凰一景。放河灯本是古老祭祀仪式的一种，灯光照亮魂灵前往幽冥世界的路，今天已经完全成为一种游艺节目。五色的河灯和吊脚楼前的红灯笼高下争辉，流光溢彩。清凉的晚风吹过江心，撩起边城的无限风情。卖河灯的多是些孩子，打扮得楚楚可怜，彬彬有礼，让人想起《音乐之声》等西方电影里的那些小小绅士。他们的大河灯很少贵过一元，小河灯更是一元十盏，比云南丽江便宜十倍。他们还负责帮你点着，有时夜凉风急，为找避风处往往要在沱江两岸沿着过桥石徒劳往返，诚恳认真得让人感叹。

凤凰的饮食物美价廉，尤其对喜欢吃辣的人而言。冰粉一块钱一碗，这几乎是一个地方的民风是否纯朴好客的标志。云南大理也是这样的价钱，可我在丽江四方街打听的第一个冰粉摊就说要三块钱。听说丽江的店主多是唯利是图的外地商贩，看来不是谣传。

像丽江、凤凰这样的古老边城，世外桃源一样古朴宁静永远是它们吸引游人的最大特点。如果你给人一种才离虎穴又入狼窝的感觉，游人终将舍你而去。这是我到达第二天就想离开丽江的原因。我也因此对一些近在咫尺的江南古镇意兴阑珊。

凤凰街头有一种炒粉摊，炒的是湖南常见的宽米粉，味道绝不比我在北京王府井东方广场某个所谓餐饮名店的干炒牛河差，价钱却只要人民币两元。还有一种常见的小食是油炸红薯。红薯块外边裹了一层面粉或米粉，香甜绵软，也只要五角钱。

关于红薯我还想说几句题外话。在我小时候生活的赣南农村，红薯和南瓜是最平常的食品。当年流传的苏区歌谣"红米饭，南瓜汤"也可能是"红薯饭，南瓜汤"，因为我们家乡有用红薯煮稀饭的习惯，反而红米少见。我一直认为小时候离不开红薯、南瓜是我们命苦的象征，到前不久才发现，它们在世界卫生组织推荐的健康食品中赫然排在前两名。原来我们一直在享用世界上最好的食品。

湘菜是我最喜欢的菜系之一，首要的原因是我的老家赣南和湘南毗邻。两地的物产和饮食习惯基本相同，语言也大同小异。凤凰的湘菜馆比较出名的有大使饭店、湘里人家和湘菜研究所，都离古城的标志性建筑彩虹桥不远。大使饭店据说是因为沈从文的表弟、著名画家黄永玉在此宴请过德国驻华大使而得名；湘菜研究所则以"辣妹子"宋祖英光顾自矜。我在三家饭馆各吃过一顿饭，初步印象是大使饭店口碑最好，菜也做得不差，但店面年久失修。湘里人家是个连锁店，总店好像在长沙，好厨师估计也留在岳麓山下展现才华。湘菜研究所最名不副实，不过这个店名很吸引人。科举时代据说有人因为名字取得好考中状元，我想湘菜研究所也是因此才有人上门。

我在大使饭店要了一个血粑鸭和一个青菜。血粑鸭是他们的招牌菜。我对大多数腌腊食品都持否定态度，但做得好吃的除外。血粑就是猪血糯米粑粑。北京儿童医院附近的湘菜馆菜香根有道菜叫零陵血鸭，两者各擅胜场，但菜香根的血鸭用的是鸭血而非猪血，至少在湖南人看来，这样做比较正宗，更符合地道湘菜的形象。

在湘里人家，我要了红烧鱼唇、炒肥肠和两个青菜。红烧鱼唇其实是油炸鱼头，数量不少，和两个青菜一样做得中规中矩，但肥肠做得一般。肥肠是我比较喜欢的菜，只要菜单上有，我一般都会吃，可是多数时候都令我悔青了肠子。

湘里人家的肥肠切丝，绵绵软软估计是先用水焯过或炒的时候放了水，这样厨师就可以同时炒其他菜或和同事聊天。估计只有宋祖英之类的名人才能让他聚精会神。看来人还真得出名，否则连下馆子都被人看扁，"祇辱于奴隶人之手，骈死于槽枥之间"。

湘菜研究所基本上是徒有虚名，我的意见是，与其去店里付费被他们研究，不如去傍晚彩虹桥附近的凤凰街头饱啖小吃和痛饮啤酒。如果你像我一样喜欢和乡亲们打成一片，还可以找一找沱江附近的菜市场，其中一个好像在一所学校旁边。虽然环境差强人意，但那里的炒粉绝对物美价廉，因为摆摊的不敢糊弄当地人，尤其是不懂人情世故、容易见异思迁的学生。在那里还能买到正宗的当地水果和泡椒腌菜，我去的时候正当秋天，当地产的一种橘子甜味纯正。伟大诗人屈原当年行吟泽畔，满目萧然，也忍不住为这种奇珍驻足歌赞。

我曾在一个月之内两去凤凰，如果不是身不由己，凤凰绝对是适合安家长住的地方。无端更渡沱江水，却望凤凰是故乡。

四川美食印象

人生何处不离群，世路干戈惜暂分。

雪岭未归天外使，松州犹驻殿前军。

座中醉客延醒客，江上晴云杂雨云。

美酒成都堪送老，当垆仍是卓文君。

——李商隐《杜工部蜀中离席》

世界上有一个安乐乡，年轻人被警告不得擅闯，否则后果不堪设想。这里被认为误人子弟，却偏偏盛产才子。这就是李白和苏东坡的故乡，自古被称为"天府之国"的地方。

少不入川，我年轻的时候谨遵古训。不是不想，而是穷得坐车没钱、走路又畏惧蜀道难于上青天。最近终于了却心愿，我去了成都、眉山、乐山、江油和九寨、黄龙，得出的结论是名不虚传：蜀道之难名不虚传，九寨之美名不虚传，美食王国名不虚传。我和苏东坡相反，身为四川人的东坡"日啖荔枝三百颗，不辞长做岭南人"，我则愿意长做四川人。

　　法国以其得天独厚的物产和无与伦比的美食招致整个欧洲妒忌，英国广告商彼得·梅尔一边抗议上帝不公一边把家搬到法国南部的普罗旺斯，并以描述普罗旺斯风情的系列图书名噪一时。普罗旺斯也因此成为西方游客的洞天福地，当地已经米珠薪桂，居大不易，农家小院的价格超过巴黎的豪华公寓。

　　彼得·梅尔如果来到四川，一定会同样叹为观止，再次拿起生花妙笔。因为"天府之国"无论面积物产、风情气候和美食美女都毫不逊色法兰西。成都也许不如巴黎时尚，但九寨肯定比普罗旺斯漂亮，何况这里还是全世界最受欢迎的动物——熊猫的家乡。

　　我这次入川本意是"文化之旅"，游历太白家乡和东坡故里，希望沾点这两位谪仙的才气，在世无英雄的中国文坛做个成名竖子，没想到很快偏离了主题，大部分时间用来寻觅美食。太白和东坡在天上看见我这副馋相，一定会摇头叹息。

　　我先在成都待了几天，龙抄手、麻婆豆腐、担担面都不错，但我印象最深的还是"老妈蹄花"。菜名即店名，这家店开张不久，但不知什么原因一分为二，两家店都以正宗自居，互相贬低。价钱也一样，都是七快钱一大盅的炖猪蹄。配料也相同，放的是我老家称为"香膏豆"的芸豆。他们的自由竞争使食客大喜过望。四川的饮食业大概是中国最符合市场经济标准的地方，物美价廉，服务优良。

平心而论，老妈蹄花的味道并不是我吃过最好的，但我的老天爷，这一大只猪蹄髈炖了半天只要七块钱，一美元不到，普天之下还有比这更价廉的饮食，还有比这更实诚的人民吗？一是因为味道不错，二是为了一视同仁，三是价钱实在便宜，本已在肚子里填了很多四川小吃的我愣是在两家饭店各干掉一只蹄髈。从此世上少了半头笨猪，多了一个饭桶。

杜甫草堂和武侯祠都没有给我留下太深印象，倒是草堂对面浣花溪一侧那些高楼华屋引起我的注意。杜甫当年"安得广厦千万间"的心愿已经实现，可惜住在里面的永远不是寒士。

离开成都我先去了眉山。眉山三苏祠里有一个宾馆，潮湿、陈旧、简单。叶公好龙的我生怕东坡半夜来访，犹豫再三，要求住在楼上未果后就搬进了和三苏祠一墙之隔的眉山宾馆。

因为太白、东坡的缘故我对四川人另眼相看。有一回我在苏州一家川菜馆吃饭，菜咸得没法下咽。店主一家见我五大三粗、满脸横肉，以为凶多吉少。我说就凭你们是李白、苏东坡的老乡，我绝不会和你们为难。为让他们安心，我赶紧付完饭钱走人。

这次四川之行使我对四川人的好感与日俱增。他们绝对没有所谓的盆地意识，对客人的热情都是发自内心。我走遍大半个中国，从没看见过这样好客热情的人民。从四川回来后我随即去了一趟东北，那里某些地方的服务态度让我气急败坏。好在哈尔滨中央大街上的少女美若天仙，让人实在拉不下脸。和她们擦肩而过的瞬间，多么希望自己还是轻狂少年！

眉山宾馆附属的餐厅是当地最好的饭店，所以当我决定在那吃饭的时候心里直打鼓。因为我独自一人，首先我怕他们不愿搭理我，其次我不知道他们要让我坐哪里，那天凑巧饭店大厅有人举行婚礼。没想到他们直接把我领进一个雅间，而且派专人侍候。那个年轻人看来刚出校门不久，服务热诚而周到。

我是个真正以食为天的吃货，再穷也要去馆子报到，平生下过馆子无数，但得到这样的礼遇还是头一遭。多数情况下店家见我独自一人都变脸恨不得端茶送客，不赶我走也是爱理不理。我被迫多点几个菜才能得到正常顾客待遇。有的店家擅作主张将菜量减少，算钱的时候却铁面无私。

眉山宾馆不但服务态度好，菜做得也特别地道。五十块钱左右就能吃到包括东坡肘子在内的三菜一汤，还有小吃和啤酒。吃过这里的肘子之后你会默哀三分钟，为过去那些在笨厨手里枉死的猪弟猪兄。这里的东坡肘子上点缀着葱丝和青剁椒，显然比只放红椒更胜一筹。

肥肠是很多人一生都不敢尝试的食物，偶尔放胆一试，得出的结论也是不过如此。肥肠确实很难做好，首先清洗就特别麻烦，必须用薯粉或面粉反复揉搓并把肠壁上的脂肪污秽刮去，讲究的还用白酒、料酒清洗。其次，肥肠以熘炒为佳，因为肠壁轻薄，火候很难把握。辣子肥肠之类的煎炸做法只适合少数烹饪名家。油炸食品不健康不说，很多食物一经油炸就面目全非。大多数饭店里油炸过的肥肠往往色香味形四大皆空，远不如熘炒肥肠令人心动。

李白老家江油街头最出名的就是卖肥肠的小馆，店名和"陈麻婆豆腐"一样，以老板姓氏为号，诸如"关肥肠""杨肥肠"，穷尽各种肥肠吃法，价廉物美，一份肥肠一般不超过十元。当年太白离家前若有此味，他老人家岂会一去不回。

我在江油李白纪念馆前吃过兔头。这是我第一次吃兔头。听说成都双流机场附近的老妈兔头独步天下，但我肯定这家"冷淡杯"小馆的兔头不在老妈兔头之下，因为那只要三块钱的兔头实在是太好吃了，好到让人忘记兔子会捣药，是嫦娥的宠物和助手。举头望明月，低头思兔头。

我许愿一定要旧地重游，为巴蜀无双美味，为苏李绝代天骄。

把春天卷起来

如果说云南是最有诗意的省名，那么春卷可能就是最有诗意的小食名。春卷的字面意思就是把春天卷起来。绿色菜蔬象征春天，所以新鲜蔬菜是春卷的主要内涵。

春卷可能是从蛋卷演化而来。因为在我们客家方言里，蛋就念"春"，香港美食家蔡澜经常提到吃"鱼春"。清人屈大均《广东新语》"虫语"里说："鱼卵亦曰鱼春子，唐时吴郡贡鱼春子即鱼子也。"可见江浙一带过去也这么叫。蛋卷的做法和春卷大同小异。南方主妇能用鸡蛋拌薯粉摊薄油煎，做成很好吃的"春皮"。用春皮卷蔬菜吃，很可能就是春卷最初的形式。

我吃过的最好春卷出自杭州西湖附近的吴山茶馆，吴山过去泛指吴越群山，现在好像专指西湖东南的一座小山。山上有城隍庙，所以又名"城隍山"。当年金主完颜亮看见柳永《望海潮》中描写杭州和西湖的"钱塘自古繁华，有三秋桂子，十里荷花"，遂起投鞭渡江之意。他放言："万里车书尽混同，江南岂有别疆封。提兵百万西湖上，立马吴山第一峰。"诗中提到的吴山据说就是这座山。

吴山茶馆最初取名"美眉茶楼"，老板在茶楼中间搭起舞台，想把青年男女吸引来。无奈年轻人有空或喜欢来茶馆的很少，一边喝茶一边看演出的创意很快不了了之。在冷清了一段时间之后只好回归传统。因为地理位置好，又舍得花钱做广告，渐渐在杭州闯出名号。

茶楼新开张的时候特别气派，小吃不但种类繁多而且质量很好，所以我一度认为这里将是我在杭州泡茶馆的首选。后来为了节省成本，很多小吃比如春卷不见了，我也因此见异思迁。

当初这里最吸引我的就是春卷。这里的春卷内有新笋和金针菇，果然是把春天卷在里面。表皮酥脆，内容清鲜，一口咬下去会让人瞬间失忆。我估计自己在这里不受欢迎，因为我吃下的春卷数量足以让人怀疑我违反自助天条，吃不了兜着走。这里仅春卷一样就让你觉得物有所值，何况还有其他不错的炒菜小吃。

美食畅销书《厨室机密》的作者安东尼·伯尔顿称赞过越南的春卷。此君最让我不解的就是走遍世界寻觅美食，却偏偏不到东方美食的代表——中国来。就以春卷为例，越南春卷几乎肯定是华人传承。不是我们妄自尊大，在小吃的花样品种方面，就算法国人也不得不甘拜下风。

伯尔顿的书中提到他的好友中有了不起的中国厨师，可见他并非对中国美食抱有成见。如果有一天他来中国，我愿意带他去见识世界上最好的春卷。

所有医生都建议我们不吃或少吃油炸食品，但大多数人欲罢不能。油炸食品吃了可能会生病，但不吃让人感到前程暗淡甚至生无可恋。这种欲罢不能的心态只有很多老烟枪才能体会。

炒　粉

　　炒粉和炒饭一样，是小家碧玉，平凡而美丽。

　　蓬门未识绮罗香，小家碧玉很少有人能嫁入高门大户，偶尔有灰姑娘被王子看上，结局也往往和黛安娜王妃一样。炒粉、炒饭从来就难登大雅之堂，现在偶尔也能在豪华饭店看见，除了配料丰富、价格高昂，味道有时还比不上路边的排档。

　　炒粉流行于南方绝大多数省份，从粗如竹筷的过桥米线到细如发丝的新竹米粉都可以用来炒。比较出名的有星洲炒米粉和干炒牛河。徐克导演的《满汉全席》绘声绘色地介绍了干炒牛河的做法，不过你要是去我的家乡江西，就会发现那里最出名的是"南昌炒粉"。

我特别喜欢吃炒粉。当年在赣州读书期间，几乎每天晚上都会和老乡同学去街头巷尾的小食摊炒上一盘米粉，手头宽裕时还要几瓶啤酒，加几个肚片、螺蛳之类的下酒小菜，把酒临风，"忆昔午桥桥上饮，座中多是豪英，长沟流月去无声。杏花疏影里，吹笛到天明"。偶尔自己暗恋的女生也在座，彩袖殷勤捧玉钟，当年拚却醉颜红，回去之后整晚头痛。

人们对一个地方的记忆，一是情事，一是食事，风景只是故事发生的背景，偏偏赣州这座南方小城三者都具备，所以我多年以来魂牵梦萦。去年夏天我回到赣州，这种美好的感觉瞬间消逝，小食摊倒是还有，可被赶到阴暗肮脏的小巷里，满地狼藉，群蝇乱飞，我愣是没敢吃碗炒粉重拾记忆。

炒粉的配料青菜之外主要有鸡蛋和猪肉、牛肉。但对不熟悉的摊档，我一般先要求素炒。素粉炒不好，你就别怪我见异思迁。如果是自己炒，有什么放什么，完全可以不拘一格。

炒粉的火候和炒菜同样重要，必须炒得干爽甚至微焦。有些懒惰的厨子为了省事，把粉煮得过熟或在炒粉时放了很多水，这样炒好的米粉不是湿漉漉就是支离破碎。炒粉和北方菜里的炒土豆丝一样，都是厨子的入门功夫。如果一个厨师连粉都炒不好，我奉劝他赶快改行，给自己找条出路，放我们一条生路。

如果说做菜还有专业、业余之分，那么炒粉、炒饭绝对一视同仁。有些茶餐厅里干炒牛河价格高昂却很少让人惊艳。我要是发挥好了，就算在那些专业厨师面前也毫无愧色。不是我天分过人，而是在专业厨师眼里，炒粉、炒饭属于雕虫小技，壮夫不为。街头摊主做炒粉的机会比我多，他们又不如我舍得放油和配料。

　　不管怎么添油加料，炒粉毕竟是一种平常小吃，必须在特定环境下吃它才会留下深刻印象。这个环境不一定是家里，也不一定是金碧辉煌的餐厅。如今回想起来，我对十几年前赣州街头的吃炒粉经历如此记忆犹新，多少是因为已经远去的青春和爱情。

赤壁吃江团

过去国内动物园介绍某种动物的时候，习惯说它"全身都是宝"，皮可做什么，毛可做什么，连骨头也可以入药。后来和国外交往多了，才知道对动物的爱不能这么直白，赶紧把身份牌换过来。

以前我读到温庭筠《菩萨蛮》"江上柳如烟，雁飞残月天"的时候心境空明，无处着尘埃，可是一旦知道大雁就是野鸭以后，每次看见雁群飞过就不免想歪。我无论走到哪里，首先想到的不是人民的幸福和祖国的未来，而是当地有什么好馆子好菜，愧对古圣先贤的教诲。

最近去了一趟长江中游的小城湖北蒲圻，这里就是历史上著名的赤壁大战发生地。由于苏东坡前后《赤壁赋》的巨大影响，自古以来一直有人认为赤壁在黄冈，其实当年东坡并不自信，所以他说"人道是三国周郎赤壁"。现在基本认定蒲圻赤壁是当年的古战场。

我参观了赤壁遗址之后反而起了疑问，不明白当年曹军为何不直接进攻孙吴的都城建业即现在的江苏南京。当初如果曹操不和孙刘联军决战洞庭，分出一部分兵力在漫长的长江沿岸任何一个地方抢滩登陆，像七十年前的解放军一样百万雄师过大江，"铜雀春深锁二乔"就不是梦想。

湖北赤壁和湖南岳阳隔江相望，有轮渡来往。渡口上开了几家鱼菜馆，卖的都是刚打捞上来的新鲜江鱼，所以生意好得出奇。

我和朋友要了一条江团和几斤长得像小鲶鱼但是颈部金黄的"黄鸭叫"。江团就是苏东坡"粉红石首仍无骨，雪白河豚不药人"歌咏赞叹的鮰鱼，另有白吉、肥头等别名。我比较喜欢江团这个名字，觉得这种粉红且没有细骨的鱼团团可爱，叫江团最名副其实。据说这种鱼斗志旺盛，喜欢在大江大河的乱石中逆流前进，不屑于在湖泊池塘中恬淡归隐。江团是最名贵的淡水鱼之一，最重的可达十公斤。

这是一家典型的家庭饭馆，所以对他们的厨艺我们没抱太大希望。菜端上来一看，鲶鱼的小兄弟果然生灵涂炭，黄鸭叫变成了黄鸭焦。好在更贵的江团是个火锅，当厨的女主人想要火烧连营而不能。我们在别人的地盘，敢怒而不敢言。想想大城市里江团比这里贵很多倍，这个价钱能吃到江团还是划算，就当前一个菜是给女主人热身。

乍看起来我经历了复杂的思想斗争，其实当时只是"私字一闪念"，不然我和江团刚刚见面就得说再见。我那几位同伴出手如电，其中一位女士平时比我还能侃，此时也明白沉默是金。我奋起直追，总算没有吃亏。不过说来不好意思，为了多吃多占，我没来得及细细品味。就像和一个绝代佳人擦肩而过，她的明艳照得我睁不开眼，可你问我她长什么样，我基本没有印象。

吃鱼尤其是吃江团之类的好鱼，人不能多，否则像我们这样简直是暴殄天物，还可能被鱼刺一剑封喉。最好是在一个天气晴好的黄昏，把食案摆在赤壁之上，清风徐来，水波不兴，旁边伴一个小乔那样的美女。看彩舟云淡，星河鹭起，月出于东山之上，徘徊于斗牛之间，白露横江，水光接天。谈笑间，江团羽化登仙。

瓜棚闲话

　　大自然奉献的丰饶果实中，甜而多汁的叫水果，香而硬壳的叫坚果。椰子介于两者之间，就像蝙蝠一样不伦不类。

　　如果以甜而多汁为标准，西瓜无疑是水果之王，而我的家乡又盛产西瓜，所以我们从西瓜说起。

　　我们那儿出产的西瓜叫"马兰瓜"，瓜身碧绿修长，上面有细密的纹路，瓜腹洁白。小的十几斤，大的三四十斤，瓜王接近五十斤。十斤以下就属于发育不良，我们叫它焦尾瓜。马兰瓜除了甜味醇正，还有一个特点就是能长久保存。现在很多瓜果多放几天就变质，马兰瓜摘下后放上三四个月毫无影响，最多会在瓜子周围形成特甜的"冰瓤"。最近几年宁夏中卫硒砂瓜名噪一时，外形和可以长久存放的特点都和马兰瓜很像。

在沙土地播种是种瓜的常识，却很少有人能说清楚为什么如此。我想大概出于两方面考虑：一是西瓜不需要太多肥料，太肥沃的土地反而影响西瓜的品质；二是便于西瓜吸收水分，沙质土地往往地势较低。不过宁夏那些种在戈壁滩上的西瓜颠覆了我的想法，那里几乎是世界上降雨量最小的地区，西瓜顽强的生命力让我惊讶。

我们小时候真像范成大说的"童孙未解供耕织，也傍桑阴学种瓜"，因为在所有的农活中，种瓜的劳动强度最轻微，收获却最甜美。想到指甲大的两片瓜秧将会结出满地长瓜，在漫漫炎夏可以枕着清凉香甜的马兰瓜入梦，平时懒惰贪玩的孩子们也会变得格外勤奋。

瓜种下去之后，除了按时浇水，就是防止虫害。萤火虫是夏夜的小精灵，打着小灯笼到处游行，若不是它们破坏我的甜梦，我不会把它们关进玻璃瓶。此外还得提防貌似忠厚的猪和牛，它们知道将来长出的西瓜和它们无关，于是经常偷偷吞噬瓜秧泄愤。

弥漫的瓜藤一夜之间突然冒出无数青绿色的小瓜，这是当天晚饭以及饭后乘凉时的主要话题。看瓜也成了当务之急，我尽量去瓜田附近放牛砍柴，有时上课都难免开小差，惦记那些茁壮成长的西瓜娃娃。已经逐渐长成的瓜被按瓜期刻上号码，长得又快又大的瓜将被留作种瓜。

等到尝新的那一天，外公定要摘下几篓大瓜遍请远亲近邻。这天我早早准备好井水冰镇西瓜，并把已经生锈的西瓜刀磨得像武侠小说中的宝刀，一剑光寒十四州。

终于等来外公双手按住长刀破瓜的瞬间，这是一家之主的特权，我虽然受宠也只能靠边站。那个此前经过层层选拔的西瓜很少不给外公长脸。在一片赞叹声中，眼捷手快的我出手如电。我吃瓜的速度惊人，又不懂得节制，所以常常撑得连话也说不出来，坐在椅子上发呆。有些人趁机戏弄我。我除了瞪眼苦笑无可奈何。此情此景至今还被人提起，羞杀人也么哥。

现在的瓜果越来越大，瓜果的清香和甘甜却越来越差，这是文明的结果，还是文明的代价？

长安不见使人愁

我认为面食以西安为第一。

北方各省都以面食为主食，何以西安独占鳌头？我觉得饮食文化是主要因素。蔡澜和陈晓卿都对饮食文化的说法不以为然，但如果把它理解为传统饮食精华的千年积淀，我觉得就毋庸讳言。最好的湘菜和川菜馆都在湖南和四川，海外的中餐馆常常面目全非，我觉得都和饮食文化有关。

西安古称长安。当中国的京城建在这里的时候，总的来说还算是长治久安，名副其实。一旦京城东移，长安被改为西安，中华民族的灾难就接踵而至。从八国联军火烧圆明园到日本侵华，这块土地似乎永无宁日。那个"九天阊阖开宫殿，万国衣冠拜冕旒"的上国神京，已经成了被人遗忘的废都。千古风流本已徒具虚名，如今连虚名也无。

古长安留下的最让我惊讶的神迹是碑林。这些出自唐玄宗、欧阳询、颜真卿、柳公权、怀素、李白族叔李阳冰的真迹，使我们在唐代诗歌散文之外，找到了证明大唐盛世存在的另一个根据。

我是二十年前去的西安。当时我表哥在西安公路学院读书，我刚刚师范毕业参加工作，虽然手头不宽裕，但还是厚着脸皮登车北上，因为我知道能够得到表哥的照顾。表哥一直对我爱护有加，可是我至今落魄潦倒，无以为报。

到了西安之后，我记得去游了秦始皇兵马俑、骊山华清池、兴庆宫、碑林、大雁塔和古城墙。印象最深的是碑林，因为在师范学书法时我曾经临摹过颜真卿《多宝塔碑》和柳公权《玄秘塔碑》。但真正让我二十年来念念不忘的，是解放路的饺子和街头巷尾的肉夹馍。我在西安期间吃过的面食肯定不止这两种，可是多年之后只有它们还留在记忆中。

我是南方人，小时候喜欢吃包子，觉得包子馅特别香，包子因此也是我心目中世上最好的面食，直到我吃了西安解放路的饺子。那里的饺子面皮内馅浑然一体，犹如宋玉笔下的东邻美女，"增之一分则太长，减之一分则太短。著粉则太白，施朱则太赤。眉如翠羽，肌如白雪，腰如束素，齿如含贝。嫣然一笑，惑阳城，迷下蔡"。前几天有个老家河北的女同学说她也怀念西安的饺子宴。西安肉夹馍曾经也是我心中的中国肉夹馍第一，不过那是在我去潼关以前。

还记得解放路饺子馆进门后有一条长廊，长廊两边摆着两排木制长椅，供食客排队等候，有点像政府机关排队办事。服务员按先后顺序八人一桌招呼进去坐好。那时的饺子种类已经很多，主要是羊肉馅，据说现在的花色品种更多。我已经记不清吃水饺的细节，只记得味道"怎一个好字了得"！在此后的十天半月别无他念，每天眼巴巴地守在这家饺子馆吃饺子，全然忘记秦中自古帝王都，有曲江风月，灞桥烟柳。

擂辣椒和擂茄子

北京什刹海荷花池边有个湘菜馆叫岳麓山屋。岳麓山屋有两道素菜擂辣椒和擂茄子。因为小时候经常吃这种菜，所以当我发现这两道菜和我家乡名字、做法都一模一样后，真是喜出望外。当时记得是十七块钱一份，在老家买一担辣椒或茄子绰绰有余。

我的朋友都知道我嗜辣如命，但很少有人知道我同样喜欢吃茄子，因为我在饭馆基本不吃。茄子和辣椒的不同之处是，辣椒怎么做都不难吃，茄子要是做法不正确，倒掉是比较明智的选择。最近我在珠海最有名的湘菜馆"湖南人"点过一个擂茄子，再次证明在饭馆吃茄子和吃鱼一样全凭运气，好吃的概率很低。

茄子的做法种类繁多，但我觉得两条最关键，一是油要偏多，二是离不开薯粉。两者几乎缺一不可。做得好的茄盒和藕盒、冬瓜盒一样，有粉蒸肉的香糯口感，最适合素食者以及我这种迫切需要瘦身的人。

在湖南怀化火车站附近的一个小饭馆里，我竟然吃到过梅干菜擂辣椒，而且这是店里的免费小菜，顾客可以任意自取。这种小菜物美价廉，做起来却比较麻烦，大多数饭馆是不会提供的，尤其是机场车站附近的饭馆。我们赣南有些早餐店也会提供免费的擂辣椒，但往往粗制滥造，不如那家怀化小馆味道好。

就是这份有滋有味的擂辣椒，让我对这座平凡的湘西小城多了一份好感。美好的地方就像知己良朋，即使不顺路也愿意千里逢迎。怀化也许没有好到这种程度，但考虑到凤凰是它的属县，将来我肯定还会旧地重游。

夜饮东坡醒复醉

中国历史上最有才华的文学家是苏东坡。苏东坡一生最有成就的时候在黄州。他的"东坡"就在黄州城外。

苏东坡两度为官杭州，留下苏堤和公认描写西湖最好的诗"水光潋滟晴方好，山色空蒙雨亦奇"（《饮湖上初晴后雨》），但在黄州，却有他的"东坡雪堂"和"东坡赤壁"，他的天才也如大江东去，奔放横溢不可遏止。前后《赤壁赋》、《念奴娇·赤壁怀古》、《记承天寺夜游》和《临江仙》（夜饮东坡醒复醉）都完成在此处。词牌《临江仙》仿佛就是为东坡量身订制，他在生前就被人称为"坡仙"，备受尊崇，认为如此天才不可能出自凡间。连政敌王安石都感叹："不知再过几百年，方能得见如此人物！"

苏东坡在黄州的遗迹遗文，比杭州有过之无不及。杭州人珍惜这种缘分，所以在当初地位相近的苏杭湖扬中脱颖而出，成为风雅钱塘、人间天堂。黄州人在赤壁之前大兴土木，把这块风水宝地变成了自家后院。为免东坡先生寂寞，他们在雪堂之侧修建了一个动物园。天涯漂泊的东坡如果在月明之夜魂兮归来，不知能否找到当时泥坂、旧家庭院。

"长江绕郭知鱼美，好竹连山觉笋香"，在黄州的餐馆里，常见的附会东坡的菜式有东坡肉和东坡鱼丸，基本算得上是有根有据，比眉山和杭州的东坡肉发明地更有说服力。苏东坡在《后赤壁赋》里提到一种"巨口细鳞，状如松江之鲈"的鱼，还留下一首关于东坡肉做法的打油诗："洗净铛，少着水，柴头罨烟焰不起。待他自熟莫催他，火候足时他自美。黄州好猪肉，价贱如泥土。贵者不肯食，贫者不解煮。早晨起来打两碗，饱得自家君莫管。"

由于对东坡故迹的现状大失所望，我只住了一天就决定离开黄州。那天中午我本来想在当地最好的两家饭馆分别品尝东坡肉和东坡鱼丸，没想到其中一家的鱼丸就让我勉为其难。这盘鱼丸充分体现了湖北菜分量足的特点，味道也还可以，只是远远不如预期。

三十年前我和表哥在风雨飘摇的武汉江边吃过一次武昌鱼。虽然路边烧烤摊的阿姨做法简单，但那鱼的鲜美至今如在唇齿。在去火车站的路上，出租司机告诉我真正的武昌鱼其实就产在黄州对面鄂州梁子湖和长江水流汇合处。他说的也许不无道理，因为在唐宋时期，这一带才是武昌郡治。

　　"东坡居士酒醉饭饱，倚于几上，白云左绕，青江右回，重门洞开，林峦岔入。""寓居去江无十步，风涛烟雨，晓夕百变。江南诸山在几席，此幸未始有也。"林语堂认为黄州的风景之美主要来自诗人的想象，不过如今的黄州，连想象的空间都已没有。

深巷今朝卖槿花

今天早上去逛菜市，在买好菜准备回家的时候，发现路边两个怯生生的小姑娘在卖一种粉红色没有花枝的花，立刻想起这是小时候摘过、吃过的木槿花。我上前一问价钱才两块钱一斤，随即掏钱把她们剩余的鲜花全部买下。

木槿花又名木锦花，更有一个有些诗意和伤感的名字"朝开暮落花"，原产我国和印度。这种花颜色鲜艳，通常开在温暖湿润、阳光充足的南方。木槿花是著名的庭院篱障用花，据说它还能抵抗有毒气体和烟尘，特别适合城市绿化。

观赏之外，木槿花也能食用，嫩叶可做茶，花皮根种皆可

木槿花有一个

诗意而伤感的名字

『朝开暮落花』

入药。在很多人看来，赏花是风雅的事情，食花就有些大煞风景。可是木槿花朝开暮落，和"零落成泥碾作尘"相比，何妨把它作为美食。

摘除或切下坚硬的绿蒂后，我通常把木槿花放在沸水里焯一下，然后凉拌或加辣椒、葱蒜清炒。花的味道就像花的生命一样容易凋谢，所以鲜花做菜最要注意火候。木槿花过水立刻花容失色，变成纯白后必须马上捞起，滤干待用。成菜的木槿花除了花的清香，还有一种近似芋艿、鱼冻的滑爽。有的文章介绍说木槿花的味道和大多数可以入药的花草一样有些清苦，我没感觉到。

通常鲜花里都会有各种蜂、虫寄居，木槿花心里少有这种房客。现在市面上卖的青菜很难看见虫咬的痕迹，那是农药化肥的功劳，而无主的木槿花开在路边山野，没有人去为它施肥撒药。可见作为一种食材，木槿花堪称完美。

我虽然喜欢古典诗词，但是对诗词中常用来寄托欢乐哀愁的花草几乎一无所知。北宋词人秦观说"有情芍药含春泪，无力蔷薇卧晚枝"，我永远说不清芍药和蔷薇的同异。但是木槿花和油菜花、映山红我很远就能分辨，因为它们装饰了我的童年。

在我走过的陌生城市，时常可以看见木槿花在路边花枝招展，我很想摘回去做一顿美餐，可惜众怒难犯，只能望花兴叹，终于理解古人"花落水流红，闲愁万种"是一种怎样的心情。

美食家的三重境界

王国维《人间词话》说"古今之成大事业、大学问者，必经过三种之境界"：第一种是"昨夜西风凋碧树。独上高楼，望尽天涯路"；第二种是"衣带渐宽终不悔，为伊消得人憔悴"；第三种是"众里寻他千百度，蓦然回首，那人却在灯火阑珊处"。

美食家也有三种境界。

第一种是：

昨夜西风凋碧树。独上酒楼，吃遍天下菜。

好吃的人在家乡一般不会落单，但美食家无不爱好旅行，到了陌生的城市，有时只好自己觅食。我就常常独自去茶楼饭馆。在北京崇文门的一家火锅店，我见过一个妙龄女郎坐在靠近大门的地方，独踞一桌旁若无人，真是个可爱的姑娘。

　　其实找伙伴和谈恋爱差不多，宁缺毋滥。有时候知音难觅，只能举杯邀月，对影成三。独吃的好处是你可以点自己最想吃的菜，和陈寅恪先生做学问一样，不在寻常餐馆和菜式上浪费时间金钱。

　　观千剑而后识器，品万家而后知味。彼得·梅尔笔下的法国普罗旺斯，安东尼·伯尔顿眼中的西贡、柬埔寨、东京、巴斯克甚至撒哈拉大沙漠都有世界上最完美的饮食，更别说另一个世界美食重镇意大利。但也有西方美食家断言"全部意大利菜都不如一个中国菜"。

　　第二种境界是：

　　衣带渐宽终不悔，为伊消得人"颓废"。

　　既然担了美食家之名，从此和美女一样，节食减肥成了一生负累。我一个在深圳做财务总监的表哥小时候轻捷如猿，爬树上房如履平地，现在体壮如牛，上楼必坐电梯，就是因为好吃。

　　羊城美食家沈宏非以《写食主义》一书成为畅销书作家后，

名声大噪，西安有位慕名已久的小美女得知他要来当地演讲，兴冲冲跑去占座，一见之下大失所望。沈氏完全不是她心目中潇洒倜傥、玉树临风的才子形象，倒是有些像日本相扑运动的大关、横纲。她一气之下在网上撰文挖苦一通沈氏，下决心继续和美食为敌。

众里寻他千百度，蓦然回首，那菜却在故乡妈妈处。

此第三境也。一些世界知名的美食家或老饕，吃遍世界，衣带渐窄，最后几乎得出同样的结论，那就是最完美的饮食在故乡，甚至就出自妈妈的厨房。可见美食除了公认的标准，还有习惯和感情的因素。

我的家乡有句谚语："人情好，水都甜。"故乡的一茶一酒，妈妈的一饭一粥，都有乡情和亲情融在里面。对漂泊在外的游子来说，即使你宝马香车、锦衣玉食，也无法排遣天涯羁旅的孤单寂寞。每一次下馆子的过程，都是一段有意无意的回首乡关。

南瓜饼和辣椒饼

　　偶然看到一张南瓜饼的图片，金黄色的南瓜饼放在白瓷盘上，白磁盘摆在藤编的浅篮里，南瓜饼周围点缀着几片绿叶子，色相好得让人心动，勾起了我对南瓜和南瓜饼的美好回忆。

　　南瓜名字里有个"南"字，但应该南北都有不限地域，尤其是现在温室种植。我在北京常去的湘菜馆菜香根至少有三个菜和南瓜有关，从菜价来看应该不像它家的朝天椒那样，声称需要从遥远的海南空运。

　　山里人通常把南瓜种在房前屋后，种在菜地的相对较少。南瓜的花朵和丝瓜花同样金黄，花开的时候和雪白的梨花、粉红的桃花一道把竹篱茅舍打扮得分外娇俏。

小南瓜不用怎么施肥也能茁壮成长，有时几天不见就已经大如脸盆，颜色也由浅绿转为金黄。据说北美最大的南瓜可以长到上千斤，我们那儿最大的不过七八十斤。我虽然生长在农村，但很多农活不会做或者做不好，唯有种南瓜得心应手，因为这种似瓜非瓜的蔬菜从不挑肥拣瘦，除了定期浇水好像没有其他要求。

家乡南瓜的主要做法是"熬"，就是把南瓜切成东坡肉那样的方块放进锅里炖。小时候熬南瓜和炒辣椒一样很少放油，但是当时并不觉得难以入口。南瓜熬熟后可以放辣椒也可以不放，后一种吃法相当于甜品，不如放辣椒这种下饭。

种南瓜几乎不需要成本，所以我们时不时地就能饱餐一顿。印象中家乡的南瓜四季都有，因为南瓜容易保存，所以即使是寒鸦噪晚的冬天，我们也能用价廉物美的南瓜甜品暖身。

但我最喜欢吃的还是南瓜做的辣椒饼。辣椒饼主要成分是南瓜，所以称它为南瓜饼似乎更准确。辣椒饼的做法很简单，往煮好的南瓜里放一些切碎的辣椒，加上一定比例的红薯粉，做成广式月饼那么大的一块圆饼，放在竹笸箩里晒干。

不知道是不是因为放了大量辣椒，辣椒饼可以保存很久而不被虫咬。当冬天新鲜蔬菜减少，辣椒饼是下饭的美味佳肴，尤其在家里来了客人的时候，辣椒饼炒腊肉绝对让客人赞不绝口。辣椒饼也是我们那儿在外读书打工的人最希望收到的家乡礼物，因为在故乡之外，真的是有钱也买不到。

大家司空见惯的南瓜饼我反而是离开故乡以后才看到，里面放了糯米粉或面粉，形状味道很像我们那里的"油圆"。南瓜饼好像什么菜系的馆子里都有，有的南瓜饼还有馅，内容和包子差不多。我在大大小小的饭馆里吃的南瓜饼都平淡无奇，直到去了杭州以后才有惊喜。杭州茶馆也把南瓜饼放在藤篮里，在南瓜饼和藤篮之间垫了白纸做的蕾丝，偶尔也点缀几片翠绿的叶子。

好的南瓜饼干爽弹牙，摆在篮子里像一枚枚崭新的金币。人们吃饼的动作也像鉴别真金，轻轻咬啮，似乎有些于心不忍。虽然明知道这是油炸食品，衣带渐窄，我还是无法对南瓜饼移情。

一晃离开杭州五六年了，几时杯重把，昨夜月同行，我想念那与月同形的南瓜饼。

饮食童谣

写食文章不是简单的菜谱和食经，而是优秀的文学作品。唐鲁孙先生之所以在华人写食界独步天下，就因为他不但是知名老饕，还是散文大家。我比较欣赏的蔡澜、逯耀东、赵珩、谈正衡、车前子、焦桐、陈晓卿、张佳玮等以写美食而著称的作家，文字功底都在普通作家之上，更别说汪曾祺和王世襄。

当代写食文章以散文为主，没有出现苏东坡"从来佳茗似佳人"以及卢仝茶诗这样的诗歌名作。不过我发现最有兴味的写食诗歌居然出自儿童之口。比如周作人曾经引用的这首绍兴童谣：

荠菜马兰头，姐姐嫁在后门头。

很像俳句的两句歌谣，正所谓满心而发，肆口而成，姐弟亲情溢于言表。

另一首优美的写食童谣出自江苏，如梦江南的另一个代表。

小小瓶，小小盖，小小瓶中有荤菜。

这首童谣说的是螺蛳，没有上一首意味悠长，胜在贴切形象。

以上两首童谣出自南方，第一首想象中的歌者应该是个伤心姐姐出嫁的小弟弟，而下面这首北方童谣的主角明言是个小丫头。

腊月二十九，家家炸猪肘。小丫蛋儿去偷吃，烫了她的手，说又不敢说，疼得满街走。走了一圈又一圈，身后跟着一条大黄狗。

这首童谣有两个出我意外的地方：一是偷嘴的不是大家心

目中更捣蛋的男童而是个可爱的小丫头；二是小丫头偷嘴中招的神态无比生动，我每看一次都想笑。

我想这就是所谓的天籁。用鲁迅先生的话说，一切所谓的圆熟简练、静穆悠远之作，都无须来做比方。

山风吹来薯芋香

过去走在中国的每一个城市，几乎都能看见那种用大号金属油桶改装的烤白薯炉子。喜欢吃番薯的我却很少尝试，因为很难让我满意。首先我不喜欢吃甜心红薯，而烤白薯虽然名义上烤的是白薯，却几乎不用我喜欢的淀粉很多的那种白心番薯。其次，烤白薯因为不停加热，火候往往过头，那种焦煳味让人无法忍受。

秋风吹起乡思，故乡没有莼菜、鲈鱼，收割过后的山野最常见的就是番薯和芋头。我们那儿种的多是饱含淀粉的白薯，除了平时当杂粮，还可以制成薯粉和粉条。芋头在古书上有个

秋风吹起乡思

在故乡

最常见的

就是

番薯和芋头

很搞笑的名字"蹲鸥"，意思是蹲着的鸥鸟，而鸥鸟通常是指神雕或雄鹰之类体型硕大的猛禽，所以我怀疑古人说的"蹲鸥"是荔浦芋头。我们家乡的芋头个头较小，质地也更细腻，可以捣烂做成芋头糊。芋头糊里通常会点缀一些剁碎的小葱、白菜或青、红辣椒，正是这种看起来并不起眼的食物滋养我们度过童年的清苦无聊。

本人意志薄弱，在革命战争年代很可能成为可耻的叛徒。你用美人计我能坚持一两天，你对我严刑拷打我能坚持半小时，假如你端上一碗青菜芋头糊，旁边摆一碟新开封的鲜辣豆腐乳，我立马献出地下交通图，还免费赠送几个曾经得罪我的家伙。

红薯耐旱，芋头喜水，所以小时候放牛砍柴的时候，无论山间溪头都很容易找到野炊的材料。尤其是秋收过后，找个背风的角落，捡些干枯的树枝点燃，把红薯、芋头扔进去就不用管了，熟了之后香味自然随风飘散。小伙伴们争先恐后，先到的把个大的挑走，剥了外面那层焦皮就往嘴里塞，时不时有人被烫得跳脚。番薯、芋头越靠近表皮烤得越香，所以轻易不舍得把焦皮剥去，这样一来大家嘴边都像长了胡子。干草松针烤的薯芋表皮基本不焦，只是我们没有耐心等候。

烤熟的红薯、芋头远比水煮或蒸炒的香味浓郁，所以如果有一天我特别勤快，主动要求帮外婆烧火做饭，那一定别有用心。有时中途被派去做其他事情，又不便和外婆说明，回来一看红薯或芋头已成焦炭。

　　我们老家和福建只隔着一座武夷山，而台湾人多是闽南移民的后人，所以看到台湾电视把蜡笔小新叫作"番薯头"感到特别亲切，因为我们那儿红薯也叫番薯。也许是老吃红薯的缘故，村里的孩子几乎都长着蜡笔小新一样的番薯头，看起来特别纯朴敦厚。

　　说起烤红薯还有一件有意思的事，有时我们就近找不到柴草，就用农村随处可见的干牛粪代替，烤出来的薯芋香味似乎特别浓郁。哲学家们说不定就是从这里悟出了万物相克相生的道理。

　　公民凯恩临终前念念不忘童年雪橇上的玫瑰花蕾，秦国丞相李斯在临刑前遗憾自己再也不能和儿子一道牵黄狗出上蔡东门逐狡兔。我想每一个远走他乡追逐名利的人都会有类似的感触。人生旅途的所有风景都是过眼云烟，真正让我们魂牵梦萦的永远是童年的一缕山风，最初的清澈眼神。

捉鱼记趣

在山里孩子的记忆里，捉鱼是最有意思的活动之一。

所有的孩子都喜欢捉鱼。我看见城市公园里专门有小鱼池提供给孩子钓鱼，池水清浅，孩子们举着鱼饵往小鱼的嘴上送，小鱼不吃就穷追不舍，很像长辈们强迫他们吃饭。这与其说是钓鱼不如说是逗鱼。海边的孩子本来最有机会捉鱼，可是海上风浪太大，一般渔民不会让孩子出海。所以比较起来，捉鱼的乐趣还是我们南方山里孩子最常体会。

我们既可以说在山里，也可以说生活在河边，因为几乎每一个村子都是水绕山环。我们那里的无名小河往往比枯水期的黄河水流量还大，所以我第一次看见黄河的时候大失所望，总算明白当年祖先背井离乡南迁不是单纯为了逃避战乱和饥荒。

外婆村前有条大河，名叫梅江却看不见梅花，想必又是哪位诗人信口开河。除了山洪暴发，这条河常年清澈见底。每年从暮春到深秋，这里就是我们的露天泳池。有时一天要下去三次，砍柴前、砍完柴后以及黄昏放牛。躺在河中浅滩，天上白云变幻，两岸田野青山，鸟儿在远处清谈，鱼儿在身边窥探。长大后游食人间，也曾去过一些通都大邑、胜水名山，然而就算在"山寺月中寻桂子，郡亭枕上看潮头"的杭州，也找不到这份悠闲。

人们把江南的天气形容为"孩儿面"，因为孩子最容易变脸；也知道鸟鸣动听，转眼就上树掏蛋；也喜欢游鱼美丽，转身就拿起渔具。因此有人推断儿童生性残忍。可我们捉鱼是为了养在鱼缸里，捉小鸟也多半是为了帮鸟妈妈带孩子。对我们山里孩子来说，捉鱼的成就感远比吃鱼吸引人。

夏天的夜晚适合捉泥鳅，我们打着松明火把，带着专为捉泥鳅和黄鳝打造的小鱼叉。一轮明月在天边，两三星火是远村，蛙声仿佛在和虫鸣较劲，一刻也不肯消停。泥鳅在火光照射下老实地趴在禾苗边。我们手起叉落。泥鳅随即被鱼叉的几个钢齿紧紧夹住，兀自挣扎不休。黄鳝比较狡猾，加上看起来太像水蛇，通常我们很少捉它。传说有些蛇兽趋光，最喜欢追踪松明火把，所以我提心吊胆，还是白天去捉鱼比较安全。

山洪暴发的时候常把道路阻断，但洪水过后却是捕鱼的好时机。因为山洪常常会裹挟山溪、鱼塘甚至水库的鱼，洪水退去的时候这些鱼来不及寻找藏身之地，常常搁浅在菜池、水稻田甚至人家的灶膛里。如果你没有身临其境，很难体会那种惊喜。

有年初春乍暖还寒，我在大雨过后经过山坡上一处人家的菜园。我们那儿每块菜地都有一个小蓄水池，干旱少雨的时候可以用池水浇地。我听到水里一声拨剌，开始还以为是青蛙。走近一米见方的小水池一看，竟是一条五斤左右的大青鱼。我当时手头没有工具，回家去拿又怕别人抢先捉去，只好拼着弄脏衣裤跳下水池。鱼在水里就像希腊神话中的安泰俄斯脚踏大地，力大无比，如果是在大河或深水里，没有渔具就算成人也很难捉住这么大的鱼。我在水池里和这条负隅顽抗的鱼搏斗了半个小时，终于带着满身泥污凯旋。一路上因为贪图村邻的赞誉，我差点被冻死。

还有一次，我去离村很远的山谷给在那儿放鸭的外公送饭，回来的时候看见路边的水沟被人从上游截流，无数沙鸽、鲫鱼和泥鳅在干涸的沟底左冲右突。可因为没有工具，我捉回去的鱼并不多。但那难以置信的场景至今历历在目。

我小时候爱看书，可是小镇上没有书店，所以经常梦见有人把整整一箱图书遗忘在路边被我捡到，醒来才知道是南柯一梦。后来即使在梦里也安慰自己，这回一定真实不虚。但这辈子终于没有捡到书箱或大发横财，只有捉鱼让我偶有暴发体会。

　　童年的愿望在今天看来往往不值一提，我觉得这是一种单纯的快乐。因为那时候我们所求不多，一个烟台苹果、几块压岁钱都能让我们怀念远人、盼望过年。人生的幸福快乐和物质财产有关，但又不完全取决于物质财产。一个人的一生，最快乐的时候往往是借钱给心上人买花的时候，即使心上人如今音信全无。千山外，水长流。

泥鳅被鱼叉

紧紧夹住

兀自挣扎不休

千山外

水长流

湘鄂情

北京金源大饭店斜对面有一家地下餐馆湘鄂情，入口是个花房一样的玻璃建筑，去香山游玩的人坐在车上就能看到。

前不久一位记者同学请我们去湘鄂情吃饭。我们已经十几年没见。在座还有另外几位当年比较要好的同学，他们变化都不明显，只有我满脸风尘。

我们要了干锅带皮牛肉、腐乳五花肉、砂锅长豆角、肉末地耳菜、湖鸭煨竹笋、农家小炒肉、海椒鱼头、拌莴笋丝、雪菜鲜笋、辣椒皮蛋、红苋菜和蒜蓉通心菜。我在饭桌上向来得意忘言，上过什么菜经常记不住，这回因为饭后特意要了菜谱，所以记得比较清楚。

带皮牛肉味道很好，干锅做法能够不生不柴，放了很多尖椒但不掩盖牛肉本来的味道，很考验厨师的技巧。牛肉的表面膏腴润泽，可能另外淋了牛油。腐乳五花肉的做法第一次吃到，肉末地耳菜使我想起小时候上山采地耳的经历，湖鸭煨竹笋和农家小炒肉中规中矩，海椒鱼头和我自己做的差不多，其他几道素菜和价钱相比有点不值。

特别值得一提的是砂锅长豆角。名字普通但却是我近来吃得最满意的一个素菜。因为素菜不赚钱，有些饭馆往往让小徒弟去应付，很多饭馆荤菜做得不错，素菜却做得不如家庭主妇。下馆子吃的就是大师傅的手艺，炒素菜最容易让滥竽充数的厨师露怯，所以很多北方餐馆用炒土豆丝来考查应聘的厨子。不过砂锅长豆角的名字似乎有待斟酌，砂锅类的菜给人的感觉好像是炖菜，而蔬菜很少经得起炖煮。我觉得叫"土钵长豆角"更合适，因为这道菜砂锅只是个容器。

作为湘菜鄂菜馆，这里的菜价算不上物美价廉，干锅带皮牛肉和海椒鱼头都是八十八块钱一份，湖鸭煨竹笋、砂锅长豆角、肉末地耳菜、蒜蓉通心菜和红苋菜都是四十八块钱。大部分菜味道平常，但带皮牛肉和砂锅长豆角都在平均水准之上，相对那些一无是处的饭馆和厨师，这种情况还算差强人意。而且老同学在一起最重要的是相聚本身，饭菜只求不让我们扫兴就行。

温情年夜饭

旅馆寒灯独不眠，客心何事转凄然。

故乡今夜思千里，霜鬓明朝又一年。

——高适《除夜作》

小时候，过年是一年中最期盼的日子。那时候沿海还没有经济特区，农村里几乎没有人离开故乡，所以中秋吃月饼完全没有团圆的激动，端午吃粽子完全无关屈原投水，清明寒食纪念祖先的习惯更是约定俗成，没人知道介子推。

但过年确实能带给大家欢乐。这种欢乐的气氛可以从去年腊月延续到今年正月。因为新年意味着可以穿上新衣服，可以拿到压岁钱，可以有很多好吃的食物。

那时候看王安石的《元日》特别有感觉。

爆竹声中一岁除，春风送暖入屠苏。
千门万户曈曈日，总把新桃换旧符。

可是随着年岁的增长，更多的春节是在"乱山残雪夜，孤烛异乡人"的漂泊中度过，看见的也多是"海日生残夜，江春入旧年"的景色。我已经习惯了四海为家的生活，但听着外面爆竹声声，还是会感到冷清。清人黄景仁的《癸巳除夕偶成》写出了这样的心境。

千家笑语漏迟迟，忧患潜从物外知。
悄立市桥人不识，一星如月看多时。

华人写食第一人唐鲁孙先生提到旧时北京的点心铺会故意把材料做工差不多的点心定两种价钱，为的就是方便穷人。我们家乡过去也有类似的传统，除夕之夜宾馆饭店免费请滞留在店的旅客吃年夜饭，有时也会把街上的无家可归者请进饭店。

这一天，对每个人都是过大年。

冬瓜食话

　　冬瓜是最常见的蔬菜之一，你随便走进一个江南农家，都可以在房前屋后看见南瓜、冬瓜和成串的辣椒，因为它们都能经冬耐久。有人说冬瓜过冬必须保护好表面那层白霜，我觉得没有科学依据。在我儿时的印象中，冬瓜只要没有切开就不会腐败。

　　蔬菜通常都是越鲜嫩越好，但冬瓜、南瓜相反。老南瓜甜味纯正，做成辣椒饼又辣又甜，最好下饭。老冬瓜表面没有小冬瓜那层细刺，让通常承担削皮任务的孩子比较放心。做菜时掌握好火候，老冬瓜能分泌出一种植物脂膏，我觉得味道不输于粉蒸五花肉，却没有堆积脂肪的烦恼。很多素菜馆煞费苦心要把素菜做出荤菜的味道，我觉得冬瓜就是最好的材料。

自古以来冬瓜就是贫富僧俗都喜欢的菜肴。袁枚《随园食单》说："冬瓜之用最多。拌燕窝、鱼、肉、鳗、鳝、火腿皆可。扬州定慧庵所制尤佳，红如血珀，不用荤汤。"冬瓜最常见的做法就是切片炒、炖汤以及做成不同内容的冬瓜盅。和大多数蔬菜必须快炒相反，冬瓜适合久煮，另一位清人顾仲《养小录》说："老冬瓜去皮切块，用最浓肉汁煮，久久色如琥珀，味方美妙。如此而冬瓜真可食也。"我的一个湖南同学擅长炸冬瓜，刀法和客家菜梅菜扣肉相似，不用完全切透，炸过后加辣椒、蒜瓣同炒。他做的冬瓜味道远比一般饭馆好，可惜愚钝的我始终没有掌握诀窍。

冬瓜可以做药我有亲身感受。几十年前我在北京做学生的时候，有一天突然发现自己全身上下长满无名红斑，去医院问诊医生也莫明其妙。每次吃完医院开的抗过敏药，表面看起来有效，但只要留有一点斑痕，一夜之间又会星火燎原。当时我要是个胆小爱面子的女生，说不定就会和这个世界说再见。

那时候我们经常偷偷在宿舍用电炉做饭，我意外发现每吃一次冬瓜，病症就有明显改善，于是从菜市场买来两个大冬瓜，每天早晚坚持吃炒冬瓜，最后竟然不药而愈。我至今也没弄清楚当时得了什么病，但永远不会忘记冬瓜救我一命。从此以后我和冬瓜相看两不厌，就像长相厮守的夫妻，连相貌都越来越近似。

其实冬瓜、苦瓜和南瓜等蔬菜的药用价值在中国传统医学里早有记载，只是我以前没有切身体会，因此将信将疑。本草纲目引述《杨氏家藏方》用冬瓜治疗"十种水气，浮肿喘满"。《近效方》甚至认为冬瓜能治糖尿病：

　　冬瓜一枚，黄连十两。上截瓜头去瓤，入黄连末，火中煨之，候黄连熟，布绞取汁。一服一大盏，日再服。但服两三枚瓜，以瘥为度。

这些古方即使效果不如预期，也不会有毒副作用，完全可以试试。

老冬瓜

去皮切块

用最浓

肉汁煮

久久

色如琥珀

味方美妙

如此而冬瓜

真可食也

想去普罗旺斯

  在看过英国作家彼得·梅尔《山居岁月》后，意犹未尽，这两天又把他的《永远的普罗旺斯》看完。很久没有连续看过同一作家的两部作品了，上一次这么心血来潮好像是十年前重看金庸武侠经典。金庸的武侠小说是借的，而彼得·梅尔的书都是自己买的，可见我有多么喜欢彼得·梅尔的文字以及法国南部普罗旺斯的风情美食。

  彼得·梅尔在多次前往普罗旺斯旅游寻访之后，终于和妻子在普罗旺斯买下一所房子定居下来。这所房子的前面是一条村路，背靠卢贝隆山。"参天的杉树、松树和橡树使卢贝隆山终年郁郁葱葱，为野猪、野兔及各种鸟兽提供了理想的家园。浓荫之下，岩石之间，野花、麝香草、薰衣草和蘑菇随处可见。如果在天高气爽之时，站在山顶登高远眺，目力所及之处，一直可遥望阿尔卑斯山洁白的雪峰，另一边可将蔚蓝的地中海尽收眼底。"

在彼得·梅尔的笔下，普罗旺斯是美食天堂、人间仙境，是名副其实的酒池肉林，到处都有令人流连忘返的餐馆和让人一醉方休的美酒。这里的农民似乎不用劳作，即使劳作也似在漫山遍野的葡萄藤和薰衣草中间漫步；这里的生活非常慵懒，运动和休息就是为了下一顿美餐；这里的居民对外人和旅游者颇有戒心，但三杯酒过后就比老朋友还要友善。

仔细一想，彼得·梅尔其实就是现代西方的陶渊明。陶渊明为官彭泽，"误落尘网中，一去三十年"，彼得·梅尔曾经在纽约麦迪逊大街的广告界工作了十五年；陶渊明不愿为五斗米折腰，彼得·梅尔尽管收入丰厚，也毅然远离都市生活的尘嚣；他们都"觉今是而昨非"，对以往的人生深表忏悔；他们都好酒，只不过一好纯色米酒，一好五光十色的葡萄酒；他们都有著述，陶渊明笔下的世外桃源成了中国历代文人的精神家园，彼得·梅尔的普罗旺斯吸引整个世界的游客向往流连。

在彼得·梅尔的生花妙笔下，我们很容易忽视普罗旺斯的另一面，这里夏天酷热无比，冬天严寒刺骨。西北季风飞沙走石，雨下起来能冲垮路基，令高速公路关闭。

彼得·梅尔最让我佩服的就是他能把每一次饮宴写得与众不同，令人食指大动。中国的美食作家大多只擅长白描，很少能像彼得·梅尔这样工笔勾勒品尝每一道菜的微妙感受。号称华人写食第一人的唐鲁孙先生，每到关键时刻就以几句不太常见的成语一笔带过，让人莫名其妙。两者的差别就像东西方文学的情色描写，西方人轻拢慢捻，东方人得意忘言。

法国人讽刺英国人杀羊要杀两次，一次是用屠刀将羊的身体杀死，一次是用锅铲把羊的味道夺去。彼得·梅尔一边抗议法国人的轻视，一边把家搬到普罗旺斯，直到今年在法国南部的一家医院逝世。

法国人对美食的狂热让彼得·梅尔佩服得五体投地，但一向以传统美食自豪的中国人未必会像彼得·梅尔这样心悦诚服。此外还有饮食习惯等原因，例如我对葡萄酒至今不解风情。虽然如此，我还是希望有朝一日能够踏上普罗旺斯的土地，拜访一下地中海沿岸这个民以食为天的洞天福地，领略法国乡村的闲情逸致。

任何一个地方的任何一种美酒佳肴，当地人异口同嗜一定有充足的理由，不可能所有人都这么盲目。我相信给我时间，我也能习惯并欣赏葡萄酒。毕竟，我以前喝过的多是徒有虚名的廉价酒，天知道他们是怎样酿就。

彼得·梅尔

就是陶渊明

他们都好酒

一好纯色米酒

一好五光十色的

葡萄酒

突然羡慕古人

　　最近有关各种食品添加剂和调味品甚至不粘锅不利健康的新闻看得多了，吓得不敢去下馆子。每天在家里做饭，时间长了就苦不堪言，突然羡慕古人。

　　古代由于交通不便，蔬菜水果不适合长途贩运，远离产地的人就只能望梅止渴了。以水果为例，南方人很可能没有吃过苹果，当然更不可能吃到哈密瓜；北方人很可能也吃不到香蕉、荔枝等南方水果，除了杨贵妃这样的唐朝第一夫人。"一骑红尘妃子笑，无人知是荔枝来"其实很写实，那时候的长安即使你把荔枝放在大街上，人们也会像当初西班牙人对待西红柿一样，很长时间不敢品尝。

但古人至少有这么几方面我们望尘莫及：

首先，经常能吃到野味。无论是飞禽走兽，还是河鱼湖鲜，都是真正的野生。现代人除了少数生长在水边山里的人，大多数人一辈子吃的都是化肥和饲料培育出来的蔬菜鱼肉。我在北京去过一个野味馆，进门就看见院子里圈养着几只羊鹅鸽兔，无精打采，毛脏羽秃，完全看不出一点野性，一望而知从小和人类朝夕相处，没准还会做数学题，随着音乐起舞。要不是别人请客，我一定不吃这么文明的动物。

其次，不用吃味精、鸡精等名目繁多的调味品。过去我一直以为大店名厨在提鲜方面有自己的法宝，后来看了上海特级厨师徐正才老先生的书，才明白他们靠的也是日本人发明的"味之素"。据说有些生意好的大型餐馆一天能用味精十几斤。

再次，厨师很难偷工减料。现在的很多食材从原料开始就讲求速成，到了厨师手里又用高压锅等厨具追求上菜速度。人参是山珍的代表，时下温室种植的人参其实就是萝卜。众所周知炖肉最好用瓦罐文火，这是古人最常用也无可替代的方式，现在可能只有少数偏远农村还会这么费时费力。全聚德的烤鸭据说是用果木烤出来的，这样鸭肉就会带着一种果香。古人要是听说全聚德以此为卖点，一定会觉得我们现代人少见多怪，他们做饭只能烧柴。

最后说说用餐环境。现在饭店的餐具、装饰也可以卖钱。同样的饭菜，金碧辉煌的高档餐厅价格比路边摊贵上几倍甚至十几倍，其中就有不少是装修、餐具费。现在很多餐厅返璞归真，把新店开在北京什刹海和杭州西湖之类的风景区内，标榜"山外青山楼外楼"或"门前一片横塘水"，这在古代司空见惯。

不薄今人爱古人，可在吃东西这件事上，我宁愿做一个苏东坡和袁枚那样的古代老饕，吃嘛嘛香。

圣外婆请客

在我一生中，从来没有见过比圣外婆更好客的人。

圣外婆的"圣"不是西方宗教里圣徒的"圣"，也不是东方儒教里圣人的"圣"，而是因为外公叫罗圣吉，她因此被称为圣吉外婆，久而久之就成了圣外婆。这么称呼她的主要是我和表哥。

我和表哥石芳从小在外婆的小山村长大，因为我们的妈妈是从这个村子嫁出去的，所以妈妈的长辈我们都叫外公、外婆，妈妈的平辈都叫舅舅、姨娘。但圣外公确实和我们沾亲带故，他和石芳的外公以及我的祖母是亲兄妹，他和我亲外公又是本家兄弟。很长时间我外公和圣外公一家还住在同一个院落，两家门对门，中间只隔一个晒谷坪。

由于圣外公特别勤劳并持家有道，所以他在村子里相对富裕。那时候农村里只有公社干部和少数工人、教师才买得起收音机和手表，圣外公却是例外，他有一块海鸥手表，那可是国产名牌。农闲的时候半个村子的人都围在他家闲聊，毛泽东去世的消息我们就是从他家的收音机里听到的。

富裕是大方和好客的前提之一，可有意思的是，越是贫穷的人可能越大方，乐善好施的主要是平头百姓，很多名人明星捐款往往是为了改善形象捞取更多资本，中国相对富裕的城里人普遍不如乡下人好客热情。

农村做酒请客通常是由于逢年过节或红白喜事，但圣外婆家里不是。只要左邻右舍以及同一宗族的任何人家来了客人，圣外婆就非请去家里吃饭不可。我师范毕业参加工作后每次回去探亲，只要她家请客一定有我的份。有时候上午刚请过，下午谁家来了客人，晚饭又得由她家请，谁也别和她争。通常农家请客都会量力而行，但圣外婆的家宴总是特别丰盛。荤素搭配，就算是素菜也油光可鉴。农家养鸡养鸭主要是为了卖钱贴补家用，她的家畜家禽基本用来招待客人。

在那样艰苦的岁月里，几十年如一日地轻财好施，天长日久算起来肯定是耗费巨资，现在想起来都有些不可思议。按照我们那儿的规矩，女主人要饭菜全部上齐才可以入席，所以往往等圣外婆忙完，桌上只剩下一些残羹冷汁。圣外婆不但毫不介怀，反而一个劲地为招待不周表示歉意。虽然只是客套，但却让人感到温暖无比。我们小时候所以没有因为缺乏营养发育不良，圣外婆功德无量。

自从我到了北京之后，因为没有衣锦所以一直不好意思还乡，心里常有报答圣外公、圣外婆的念想，但总觉得他们身体健康，来日方长。没想到有一天突然听到他们双双去世的消息，我不敢也不愿相信，直到后来从石芳表哥那里得到证实。那一刻我觉得自己面目可憎，无地自容，悔恨自己曾经浪费时间金钱去追逐无谓的情缘，曾经买过不少华而不实的东西并宴请很多交情淡薄的闲人，却没有报答圣外婆的养育之恩。我一直对自己情路坎坷莫名其妙，现在终于明白那些姑娘是在替天行道。

在我心目中，圣外公和圣外婆远远超过那些虚无缥缈的圣徒圣人，他们才是慷慨仁慈的神圣。

大块吃肉

　　水泊梁山能够让无法无天的好汉们上山接受统一领导，首先是生存需要，人多力量大，避免被官府各个击破，其次恐怕就是大碗喝酒、大块吃肉。

　　其实在中国民间，无论南北，一直有大碗喝酒、大块吃肉的传统，尤其是在逢年过节、婚丧嫁娶的时候。

　　大块吃肉一来显示主人的热情，二来助长客人的豪情。东北人喜欢吃酸菜炖猪肉。据说正宗的酸菜炖猪肉就是东北农村的"杀猪菜"。东北农村养猪目的分明，自己留着吃或用来出售，一开始就区别对待，准备卖的叫"肥猪"，为了多快好省，剩饭剩菜和饲料添加剂一起招呼；自己吃的叫"本猪"，主要喂玉米等纯粮食制作的细料。逢年过节的时候把本猪宰了，用农村里烧木头的大锅炖煮，中途添加那种在大缸里腌了很久闻起来有臭味的酸菜，这样做出来的杀猪菜才最正宗地道，就算是东北本地人，也得上农村才能吃到。

西北人喜欢烤全羊和手抓羊肉。烤全羊通常要去草原才有条件，城里人只能吃炖羊肉或手抓羊肉。上次一个记者朋友把我们请去重庆郊区吃烤全羊，据说是老板专门从西北弄来的宁夏盐池滩羊。那地方占地很广、生意兴隆，很有一点"笙歌归院落，灯火下楼台"的味道，可惜羊肉烤得并不好。我觉得在羊肉的各种做法中，最好吃也最保险的还是炖羊肉。

过去炖羊肉通常用铁锅木柴，高压锅普及后铁锅很快被替代。我的一个同学本科毕业后志愿去西部支教，被分配到甘肃的一个地方，自然有很多机会吃羊肉。有一次他和几个同事围着吱吱冒汽的高压锅一边等候一边闲聊，突然大家感到不对，好像高压锅有一阵子没有冒汽。我那同学经常练武术和气功，反应和常人就是不一样，迅速把军大衣蒙在头上。说时迟那时快，高压锅盖被掀上房顶，羊肉碎末也喷溅到天花板上。我那同学安然无恙，他的同事都被严重烧伤。

四川、湖北、浙江等长江流域各省都强调本地是东坡肉正宗产地，而且看起来都有道理。东坡生在四川，贬在湖北，又两度在杭州做官。在我们江西和广东客家人的餐桌上，和东坡肉比较接近的是红烧肉。红烧肉和肉丸、鱼丸都是酒席上的主菜，人们通常根据红烧肉的大小厚薄判断主人是否豪爽大方。这种红烧肉体积相当于杭帮菜东坡肉的两块，至少是湖南菜馆毛氏红烧肉的四倍。做法很简单，大锅炖煮，以筷子能轻易插透为度。红喜事放点红靛着色，白喜事理论上应该不放色素，但因为不着色看起来特别油腻难以入口，所以乡下厨师通常随手加点酱油。

这种红烧肉现在吃起来觉得油腻，但在当年那个老百姓普遍缺少油水的年代，偶尔吃一顿红烧肉的幸福感，抵得上现代人去香港半岛酒店喝下午茶，外加一顿米其林三星餐厅的法国大餐。我的一个堂兄和小姑打赌，一顿吃掉了传统酒席的整桌红烧肉。传统的八仙桌每桌坐八人，每人两块红烧肉，总重量在四斤左右。不是因为他食量特别大，而是对喷香的猪肉渴望太久。农村里的青壮年差不多都有这样的食量。

当年水泊梁山的招兵布告，很可能画着一盘红烧肉。替天行道，为己吃饱。

伊人如面

苏州和杭州都是江南名城，鱼米之乡却有很多著名的面馆。苏州有朱鸿兴，杭州有奎元馆。朱鸿兴因为陆文夫的小说《美食家》名声大震。我只去过奎元馆，印象最深的是这里的面很贵，好像最便宜也要三十块钱一碗。盛名之下其实难副，我没觉得有什么特别之处。

一碗好面首先面条要爽滑筋道，麦香浓郁，随便拌点辣酱、葱花就很有味道。好面馆通常有专门的师傅自己擀面，可惜现在很多面馆都用机制面滥竽充数。机制面也不是完全不能用，现在国内有些食品企业开始生产比较优质的面条甚至从日本进口，可是面馆出于成本考虑很少使用这种面。

好面其次需要好汤。最常见的是骨头汤和鸡汤、鸭汤。以我最近经常炖鸡鸭的经验，面馆里的鸡汤面和鸭汤面很可能是用味精提鲜的。因为一只鸡鸭能炖出的汤有限，如果纯用鸡汤、鸭汤，一碗面的定价必须超过奎元馆才能收回成本。相对所谓的鸡汤、鸭汤，还是骨头汤相对可信。

好面当然也需要好配料。配料有的地方叫面码或浇头。配料不是越多越好，越名贵越好。对面条来说，配料就像美女的装饰，无论一朵山花还是满头珠翠，浓妆淡抹总相宜。但从店家的角度考虑，当然是越简单越好，这样才方便大量复制。

好面还需要好碗装，所谓美食美器。最理想的容器应该是青花大海碗。碗中的面条盘在一起如长发美女的青螺髻，点缀的葱花配料则如玉簪珠花，美得让你持箸难下。用筷子挑开面卷的过程，就像为伊人解开长发。

近来很多面馆喜欢以蟹粉海鲜来提高身价，往往喧宾夺主，买椟还珠。要吃湖鲜海鲜自可去专门的渔港排档，面馆的配料通常已经提前做好，"鲜"字恐非其长。

真正的好面馆很少，好面馆就像好旅伴一样可遇不可求。经常出门旅游的人想必会有同感，虽然常被告诫"不要和陌生人说话"，但开朗健谈的旅伴却能陪你度过一段愉快的旅

一碗好面要
爽滑筋道
麦香浓郁
面如伊人
伊人如面

程。如果你运气更好一点，说不定还能遭逢一位知己红颜。因为只有萍水相逢的人，才能放松心情，珍惜擦肩而过的缘分。

伊面原名伊府面，相传乾隆年间曾任扬州知府的福建人伊秉绶在家宴客，厨师忙乱中误将煮熟的鸡蛋面放入沸油中，想重新擀面没时间了，只好捞起油锅里的面用上汤泡过，硬着头皮端上桌。谁知这种过油鸡蛋面竟让宾主齐声叫好。

我倒宁愿相信伊面是指伊人的面，面如伊人，伊人如面。

鬼饮食

　　世界上到底有没有鬼？大多数人相信是有的，因为他们是三大宗教的信徒。神鬼一家。中国历史上有几位皇帝兴师动众地灭佛，但明眼人都知道，他们不是真正的无神论者，只是因为不能容忍宗教狂热威胁到他们的统治。在打倒上帝的同时把自己塑造成上帝或上帝之子，这就是帝王镇压宗教的本质。

　　就像我相信有外星人一样，我也相信有鬼。大自然的复杂精微远远超出我们的想象，我不相信这是自然进化的结果。科学并不能证明没有外星人和鬼神。对整个浩瀚的宇宙来说，我们的星球太平凡，我们的知识太有限。我们仅凭已有的见识否定外星生命的存在，毫无疑问是夜郎自大，本身就不符合科学精神。

既然相信有鬼神，就得有祭祀和牺牲，好让鬼神明白我们的诚意，别和我们过不去，所以祭肉是典型的鬼饮食。本来供奉给鬼神的东西凡人不能有非分之想，但古人吃一顿肉不容易，所以有人偷偷把祭肉拿回家吃了，事后发现鬼神并没有生气，从此以后祭肉就人鬼共享了，只不过注意一下先后顺序。苏东坡在海南的时候，穷到"北船不到米如珠，醉饱萧条半月无"，所以经常打左邻右舍祭肉的主意，"明日东家当祭灶，只鸡斗酒定膰吾。"

有"饮食菩萨"之称的四川著名记者车辐老先生在他的《川菜杂谈》中有专文介绍成都的鬼饮食。他说的鬼饮食是指深更半夜直至第二天黎明还在卖的街头小吃，比如当年春熙路一带的椒盐粽子、娃娃花生米，各戏院附近针对看戏女宾的卤鸡翅膀和鸡脑壳，以安乐寺茶铺为据点的烤叶儿粑，学道街东口的邓抄手，书院东街口王鼎新的牛杂碎，造币厂、兵工厂门口的棒棒糕以及沿街叫卖的卤帽结子、肥肠头头夹锅盔、马蹄糕、酒米粑等。

北京东直门内有条簋街。簋是古代的一种食器和礼器。因为这里总是营业到深夜，远看起来似有鬼影幢幢，所以被人理解成同音的"鬼街"。另一种说法是先有"鬼街"之名，后来政府觉得叫鬼不雅，所以把这条街更名为"簋街"。这条街在北京名气很大，喜欢夜生活的北京人很少没去过。

广义上说，和西方的圣诞、中国的庙会有关的饮食都属于鬼饮食的范围。夜宵应该也在鬼饮食的范畴。香港人把夜宵叫消夜，加食以消永夜。很多香港人在大陆人面前自我感觉良好，但我羡慕的主要是他们有滋有味、丰俭由人的食铺和严格的食品管理制度。

住在中小城市有很多便利之处，但夜生活远不如大城市丰富，最大的遗憾就是没有像样的夜宵，即使有也被城市管理者驱赶到阴暗偏僻的角落。我现在所在的赣州夜宵摊越来越少，而且价格和饭馆差不多甚至更贵，我已经好几年没有去夜宵摊上坐过了。

吃夜宵还和心情有关。我曾引用陈与义的《临江仙·忆昔午桥桥上饮》来形容夜宵的场景。在月凉如水的夜晚，和三五好友一起开怀畅饮，最好其中还有自己心仪的异性。隔座送钩春酒暖，分曹射覆蜡灯红，今夜有你陪同，人生何妨如梦。

庐山小馆

庐山没有风景，至少不以风景取胜。

庐山人听了别不高兴，我只不过人云亦云。苏东坡就是这种观点，"横看成岭侧成峰，远近高低各不同"历来被认为是描写庐山的经典，其实相当于"物华天宝，人杰地灵"，放之四海而皆准；"不识庐山真面目，只缘身在此山中"，干脆承认自己如堕五里雾中，根本没有看清庐山的真容。

庐山的云雾名扬天下，远不止五里十里，连这里出产的茶叶都叫庐山云雾茶。山峰若隐若现，美人琵琶遮面，这样的意境最有想象的空间。而庐山的云雾却像采花大盗，一床锦被披头盖脸，我们经常看见的是一个花容失色的美人。

含鄱口、如琴湖、仙人洞和三叠泉是庐山的主要景点。含鄱口可以远眺鄱阳湖面，也是很好的观赏日出景点，本当朝晖夕阴，气象万千，可因为云雾我什么也没看见。如琴湖地处牯岭镇下游，已成为日益增长的居民和游人的澡盆；仙人洞让你只羡鸳鸯不羡仙，简陋到不像住过仙人倒像住过野人。三叠泉最值得一看，从牯岭镇到这里也有很好的公路相连，可这里没有公共交通工具，马路上跑的都是私车，出租车则漫天要价，让我在庐山住了近一个月竟然没有去成。

牯岭镇上有个庞大的庐山管理局，很多机关都在比毛泽东、蒋介石别墅还要气派的房子里煞有介事。镇上好一点的饭馆每天也门庭若市，店主承认公仆们是否上班直接影响他们的生意，可就是没人想到要给我这样的散客提供一点便利。

九寨归来不看水，黄山归来不看山。庐山不必去和九寨、黄山争妍竞丽，而应该甘心做一个小家碧玉、避暑胜地。所谓"匡庐奇秀甲天下"，和"桂林山水甲天下"一样，只有本地人没有异议。

庐山的清凉若非亲历，你很难理解蒋介石和毛泽东这两个冤家对头为何要比邻而居。二十年前的一个暑假，当我还是血气方刚的少年时和表哥初登庐山。我看见很多游客随身带着长袖运动衫，觉得这些人杞人忧天，没想到山中的气候一天有四季，从春夏迅速进入秋冬，只穿着短裤衬衫的我们尽管不停下坡上山，依然直打寒战。其他游客穿上运动衫继续游玩，我们哥俩抱头鼠窜。离庐山不远的江西省会南昌是中国"四大火炉"之一，大自然似乎在故意制造这种对比。

庐山上的宾馆很多，淡季便宜得令人难以置信，但庐山上的导游声名狼藉，全国的导游好像都不规范。我花几十块钱就能住很好的宾馆，导游却带不明真相的游客去住昂贵十倍的房子、去吃牛蛙冒充的庐山特产石鸡。

江西和湖南、湖北相邻，江西菜也和湘菜、鄂菜接近，民间到处都有会做菜的厨子。但庐山的冬季冰天雪地，游人罕至，只能做半年生意，所以请不到"真才实料"的厨师。我在庐山竟被迫以方便面和水果充饥。有的小饭馆放盐太随意，他们忘了革命先烈"虎口夺盐"的故事；有的小饭馆不讲卫生，看见它的灶间你会觉得"饿死事小，失节事大"很有道理。在这里你还不能相信所谓口碑，因为当地人特别厚道，你别指望在他们口里听到哪家饭馆不好。我去过当地人口中名声最好的一家饭馆，一看菜单就知道凶多吉少。这里的素菜价格相当于很多城市的荤菜，所谓的"庐山三石"（石鸡、石鱼、石耳），定价都在百元上下。事后我得知，能够在这里吃到真正庐山特产的，只有当地的头面人物或上面来的贵客，外地游客基本上是导游和店家联手痛宰的肥猪。

当然，庐山的饮食也并非一无是处。一家连招牌都没有的小店炒粉做得不错。因为生意兴隆，夫妻俩常常把炒粉预先炒好。我第一次去的时候，刚坐下炒粉就端上来了，我以为是人家吃剩下来的，一边吃一边怒火中烧。后来又去了几次，每次都要求他们现炒。

牯岭镇上有一家开在二楼的土菜馆，店主以前是个出租司机。我听一个超市的导购小妹推荐，试点了一个豆角炒茄子，一个手撕包菜，清清爽爽，也很有味道。后来又去了四五次，感觉素菜做得明显好过鱼肉。在庐山失望的次数太多，这里就算不错。

最惬意的是庐山的夜晚，静得可以听见林间的露滴。有一种不知名的鸟儿喜欢对床夜语，不知是不是恋爱中的情侣。听着它们的恩怨尔汝，你会忘了风景的平凡、难吃的菜饭，如梦如幻。可惜我枕边无人，否则我一定会将她唤醒，一起谛听这空山的呢喃、自然的咏叹。

灯不鲁姑的旅游美食

偶然看到灯不鲁姑的旅游美食博客，有一种惊艳的感觉。

我也以旅游美食作家自居，觉得新浪网上点击率很高的那些美食博客，除了善于在标题上做文章和勤于更新，乏善可陈。但是在彼得·梅尔、唐鲁孙、蔡澜、汪曾祺和这位名字奇特的女作家面前，我不敢口出狂言。前几位终我一生也追不上，这位身份神秘的女作家没有那么高不可攀，但同样的内容让我来写，未必能写得如此优雅简练。

旅游美食作家最重要的准备就是见过世面，这是我和大多数作者的致命缺陷。灯不鲁姑大量篇幅写的都是欧洲的城市和乡村，从巴黎到普罗旺斯，从日内瓦到奥黛丽·赫本隐居终老的莫尔日。和一般的游客走马观花热衷于去旅游景点报到不同，她会因为喜欢一个地方反复旧地重游，就像我对杭州。她多次提到的瑞士小镇莫尔日，我已经预先把它安排进我未来的行程，因为我不但喜欢莫尔日的优美安闲，也怀念永远的奥黛丽·赫本。

大部分旅游美食文章通常有这么几个缺陷：图片司空见惯没有神韵，文字不能和图片相辅相成，作者语气中带着一种炫耀傲慢，动不动就批评本国如何让人无法容忍。灯不鲁姑的文章基本没有这些遗憾。

旅游在我看来是最好的生活方式，不但可以增长见闻，还可以健体强身。面对新鲜空气和如画仙境，即使年老体衰或身有残疾的人也会勉力下车步行。可是旅游也需要有经济后盾，不是每个人都敢带着睡袋出门。像灯不鲁姑这样游走如果不是公费或工作需要，一定能让普通人倾家荡产。她似乎有取之不尽、用之不竭的时间和金钱。

当然我最喜欢的还是她精洁的文字和轻灵的风格。相对来说，女作家比男作者更喜欢为赋新辞强说愁。灯不鲁姑的文字就像传世名瓷，即使偶有装饰，也浑然一体，一点不觉得多余。她的文章还有一种洒脱从容，应该是个事业家庭都很如意，看淡名利的女子。

在网上随手搜索她的资料，得知灯不鲁姑曾经作为记者参加过雅鲁藏布江大峡谷的科考。现在她的美食博客已经出版成书而且非常畅销，还得到瑞士驻中国大使馆隆重推荐，几乎成为中国人前往瑞士的官方指定旅游指南。这是旅游美食作家的最高境界，不但可以随心所欲四海遨游，还可以名利双收。

有人引用"女人的完美人生是：一生走过很多地方，始终睡在一人身旁"来赞美她。我羡慕她始终睡在一人身旁，但更羡慕她一生走过很多地方。

好馆子关门

在好吃之人看来，好的饭馆和情人非常相似。

你定期和它约会，在那里感受一种类似家的氛围，但始终和家有距离。好馆子也会关门大吉，就像情人会劳燕分飞，忘记曾经的山盟海誓。有一天人去楼空，留下你独自站在街上唉声叹气。

我曾经认为只要厨师好、价钱公道、讲卫生、装修还过得去、位置不偏僻，饭店就会有生意；你也曾经认为只要真心对她，时常给她买花，注意她脸上的天气变化，为了她息交绝游，指鹿为马，她就不会别抱琵琶。但事实并非如此。

在我当年读书的师范大学后边，嘈嘈杂杂的小街上有一家已经忘了名字的小饭馆。店面不大但干净整洁，老板热情厚道，饭菜味道好，价钱也不会让我们这些穷学生一边咀嚼一边试图逃跑。有同学得了奖学金或对学校食堂的粗制滥造忍无可忍，我们就去那里接头。一般这种规模的小饭馆，都请不起像样的厨师，但这家小饭馆显然有一位好厨师坐镇，杯盘洁净，刀工精湛，决不糊弄我们这些学生。我这人有一个好处，"平生不解藏人善，到处逢人说项斯"。可是不管我怎么卖力，有一天当我们兴冲冲地前去吃饭时，店面已经改做别的生意。

杭州是我最喜欢的中国城市，这里的山山水水常给我似曾相识的感觉，每次离开杭州都会产生一种背井离乡的惆怅。苏东坡说他前世可能是杭州的一个和尚，五大三粗的我前世有可能是西湖边的一个马车夫或小货郎，我比很多女子还爱逛商场。我见过的第二家突然关门的好馆子是浙江大学玉泉校区后门的"川川川"。那时杭州很少辣菜馆，所以这家川菜馆成了我下馆子的首选。

我特别喜欢吃鱼膘，少年时每逢家里或亲戚办酒席，我总是像小猫一样蹲在负责剖鱼的大人身边守候，把收集到的鱼膘洗净请人用辣椒炒了，携上米酒米饭找个僻静处独自享受。川川川的厨师用泡椒泡菜和鱼膘同炒，正好压制了鱼腥，所以这个菜我每去必点。有时甚至不待开口，厨房杂役就开始收拾鱼朦。可惜最近发现菜的口感和从前大相径庭，原来这家饭馆已经悄然易主，店名未改但厨师已经出走。

我见过的第三家关门好店是北京西单以北的蜀香村。这是一家成都小吃馆，这里的龙抄手、龙眼包子都堪称一流，夫妻肺片是我平生吃过最好的，冰粉更是天下独绝。可惜在我离京前夕，蜀香村也突然倒闭。

最近我喜欢的杭州茶馆乐天阁听说也要关了。有时候我不免产生宿命的想法，难道是因为我的命不好，我喜欢的饭馆茶楼也要跟着倒灶？

如果是星爷遇到这种事，他一定会仰天长叹：天哪，难道好吃也有罪吗？

秀色可餐

世界上盛产美食的地方，同样盛产美女，如重庆，如巴黎。

中国人向来喜欢把美食和美女相提并论，《孟子》说"食色，性也"，成语说"秀色可餐"。古人还喜欢用樱唇、椒乳、藕臂、葱指来形容美女的身体，今人也爱把长相甜美或性格泼辣的女子叫作甜妹子、辣妹子。

很多饭店深明美食美女相辅相成的道理，请来一些千娇百媚的侍者，迎合顾客的醉翁之意。尤其门口的迎宾小姐，更是花枝招展，明眸善睐。另有一种推销酒饮的姑娘，莺莺燕燕，巧舌如簧。很少有人能连过这三道美人关。

现在"自知明艳更沉吟"的女孩很少甘心做侍者和导购小姐，因为这些工作的报酬越来越低。所以以出产美女著称的苏州、杭州、重庆、成都、大连、青岛等地，想在饭店、商场看到美女并不容易。

一些艺术院校周围的小餐馆生意红火，因为在那里常能见到艺校的美女。我有过一次这样的经历，在北京白石桥解放军艺术学院对面的小巷里，几个军装女生的飒爽英姿至今挥之不去，而那顿饭吃了什么早已忘记。

英雄最难做到的是杀身成仁、舍生取义；美女最难做到的是舍食取美、瘦身减脂。美女们对美食爱恨交织，女人破译美丽秘籍就相当于男人明了生死大义。这一点重庆女子做得最好，我只在那里待过一天一夜就叹为观止，重庆火锅痛快淋漓如三峡轻舟，重庆女子缥缈美丽如巫山神女。

美食被人欣赏是厨师的骄傲，美女被人欣赏却激怒了女权主义，无奈美女们乐此不疲。女人穿衣打扮绝不仅仅是为了取悦男子，更多的时候是在和同性攀比。她们对自己外貌和衣着所用的心力在男人看来不可理喻。女权主义者把枪口对准无可奈何只管付账的可怜男人，和雅典奥运会上那个美国射击选手一样打错了靶子。

男人们最大的理想就是把美食和美女结合在一起，于是日本人发明了"女体盛"。前几年云南有人效仿了一次，结果讨伐声四起。

既然"女体盛"不能"带着批判的态度"到此一游，只好请美女共进美食。找一间环境优美的酒家，去一处清风送爽的茶楼，请一个心中暗恋的女子，花一笔心甘情愿的银子，酒微醺，花解语，唯愿时间停滞，不知今夕何夕。只怪当时太胆小，此情岂待成追忆！

女性之美有少女的青涩之美，"娉娉袅袅十三余，豆蔻梢头二月初"，相当于美食里的清炒素菜，如果摆放在一个青花瓷盘里，你怎能不想起翠帕包头，穿着青布碎花袄子，唱着"姐妹，上山采茶去"的山村少女？

女性之美有少妇的丰韵之美，"一枝红艳露凝霜，云雨巫山枉断肠"，相当于美食里的炖菜煲汤，如果摆放在一个白色海碗里，蔬影横斜，暗香浮动，你怎能不想起某个你当年错过，如今绿叶成荫子满枝的女子？你曾以为你能把她忘记，没想到再次相逢，她的成熟风韵依然令你想写情诗。

我爱美食，也爱美女。两者只能选一？我要美女。两者都得放弃？不如归去。

山大王和山老鼠

我的故乡在赣南的群山万壑中。这里离福建、广东、湖南都不远，当年是四大苏区县之一，著名的红色根据地和长征出发地。赵博生、董振堂率部在这里发动宁都起义。红军能够凭借土枪土炮多次击退装备精良的国军，除了老百姓支持，主要依仗山深林密。

据老辈人回忆，他们年轻时不敢晚归早起，因为在田间地头常会和野兽遭遇。偶尔为了生计不得不起早归迟，一定得带上棍棒等防身武器。我小时候野兽还很猖獗，经常有饿狼进村叼走牲畜甚至孩子。有一天深夜村里狗吠声骤起，我仗着外公就在身边，斗胆站在床上朝窗外张望，正好和一匹狼幽蓝的目光相撞。长大后我也曾被一两个视力不好的姑娘看上，但从未见过如此深情的目光。难怪好色的人被称为色狼！

我在外婆家待到小学毕业。外公是个不安分的农民，除了农活什么都干。他养过大群的鹅鸭，做过小生意，还会小手艺，家里比其他老实巴交的邻居宽裕，因此也常常被请去人民公社"改造学习"。他有一门绝活，那就是制造使用捕兽器。

这种捕兽器的制作工艺可能已经失传，因为外公已经去世，故乡也已经无兽可捕。捕兽器的构造原理和弓箭有相通之处，外公削好三条和扁担差不多长的竹片，把它们叠合在一起用绳子捆好。这几条竹片弯曲之后形成的张力相当于弓弦引满之后产生的弹力，只不过前者作用在套索上，后者用来发射箭矢。

竹制捕兽器貌不惊人却力大无比，一般的野兽想要挣脱很难，陷入套索的那条腿往往皮开肉绽甚至筋骨裂断，所以对人畜同样危险。外公一般都在天黑后才去安装，并且只装在自己家的菜地里，第二天天亮前取回。那时我是外公的跟屁虫，经常全程跟随。

每天黄昏，倦鸟归林，大人小孩也荷锄赶牛回村，我们祖孙俩却逆行走向山谷里的自留菜地。到了离村不远的地里，外公熟练地把捕兽器安装好。此时晚风吹过松林，山中各种野兽呼朋唤友的声音此起彼伏，偶有失群幼兽叫得特别凄厉伤心。

若非有外公在身边壮胆，打死我也不敢继续前进。

竹制捕兽器不但威力大，发出的声响同样惊人，尤其是在静夜空山。安放捕兽器的次日凌晨，睡得正香的我常被外公唤醒。野兽在此时社交活动最频繁，因此也最容易触发捕兽器的机关。外公年纪大了听力不行，所以要我竖起耳朵谛听野兽触机的声音。一旦听到响声就要立刻出发，因为中伏的野兽不甘束手就擒。有些悍兽不惜壮士断腕，咬断自己被套住的腿逃之夭夭。外公常常要借助棍棒才能把野兽击昏带走。

那年头还没有人提起要保护野生动物，所以印象中除了狮子、大象，几乎所有我闻见所及的野兽都被外公捕获过。家里的墙上挂满各种各样的兽皮，我也有不止一件漂亮的皮袄。左邻右舍跟着沾光，因为外公家的野味根本吃不完。常年吃野味的结果是，外公七十岁临终前还在拈花惹草，身体好也一直是我为数不多的人生骄傲。现在回想起来，我不确定自己有没有吃过如今濒临灭绝的华南虎，但肯定吃过猎豹（我们那叫豹虎子），阿弥陀佛，罪过罪过！

在我上小学前后，相继发生的"大炼钢铁""大造梯田"对故乡山林的毁坏超过以往成千上万年的人祸天灾，可在我读初中的时候还是有人扛着小老虎来学校卖。这件事今天听起来有点不可思议，但这是我们全校师生亲眼所见，活生生的小虎可不是容易假冒的虎骨虎鞭。

大约在我参加工作前后，"分山到户"政策给了故乡山林最后的致命一击。村民们认为山林承包给个人后，以后就不准去别家山上砍柴，所以连年也不过了，夜以继日砍伐了半个月，终于完成了这一史无前例的壮举，把几乎整个江南丘陵剃了个六根清净。而这一政策的初衷是保护森林！

砍完树之后发生了一个真实的故事。当年轰动全国的悍匪"二王"兄弟，沿着铁路线从东北老家逃窜到江西鹰潭。他们大概还记得老师上历史课时告诉他们赣南是革命根据地，以为那里依旧山深林密，所以毫不犹豫地离开铁路逃往赣南。结果到我们那儿一看傻了眼，山上不要说藏人，就连一只野兔也只能斜签着坐地。兄弟俩知道这是天意，丧失斗志，很快被军警击毙。

我师范毕业后回到我原来读书的家乡中学教书。有一天学校后山不知从哪里跑来一头估计是失恋后像中国电影的女主角那样喜欢发足狂奔的野猪，附近几个村庄的村民倾村出动。这只将近两百斤的野猪最后走投无路。按照追者有份的原则，每位参与追捕的村民分得二两猪肉。这是我印象中家乡最后一次出现大型野兽。

且慢，还有一种野物或许逃过此劫，那就是山老鼠。山老鼠是名副其实的硕鼠。过去形容某地地瘠民贫就说那里"养猪大如山老鼠"，极言猪之瘦小，反过来也可以看出山老鼠之肥大。我们那儿的山老鼠，虽然不能和猪相比，却常被人误以为野兔。

家乡的山老鼠主要生活在梅江江心的一个小岛上。此岛形如一艘抛锚的航母，岛中心在"以粮为纲"时被开发成稻田，周围则是硕果仅存的茂林修竹，那种可以做冰粉的绿果就飘荡在这些树上。山老鼠专吃竹笋和竹鞭，所以有的地方叫它竹鼠。俗话说"狡兔三窟"，狡兔的表兄弟山老鼠更进一步，它们不但经常变换住处，而且每一个窝都有三条出路。山老鼠选定一棵竹子后，就吃住在这根竹子的根部。

有经验的捕鼠者望见竹梢开始干枯，就知道下面一定藏着一只山老鼠。他先找到山老鼠的全部三个出口，把其中两个封堵，然后从唯一出口用烟熏或水注。狡鼠最后招架不住，奄奄一息爬出洞口向更狡猾的人类磕头认输。山老鼠虽为鼠辈，却是鼠中隐士，性情高洁，是苏东坡"无竹令人俗"的实践者，很少会像家鼠那样不讲卫生、饥不择食，所以它的肉极其鲜美。叶落农闲的冬天，村里有人靠捕山老鼠颇能挣点零钱。

从猎虎到捕鼠，几十年里发生的变化真是惊心触目。奇怪的是，从来没有人出来承认错误，更别说受到惩处。好像森林的毁灭和恐龙的灭绝一样，是因为某种神秘的自然因素。改革开放以后农村青壮年几乎全部去了沿海打工，家乡的森林意外得到一定程度的恢复，邻县抚州宜黄甚至传说有华南虎出现，但很多动物已经永久性灭绝，那种"万类霜天竞自由"的盛况一去不返。

豆腐和豆腐西施

　　豆腐是我国一种古老的传统食品，《本草纲目》等古书都把它的发明归功于西汉淮南王刘安，传说是他和门客炼丹时的无意发明。八公山下的豆腐宴也在目前名目繁多的豆腐宴中最负盛名。

　　千百年来，那些渴望长生的王公贵人早已和草木同朽，豆腐却成了流传天下的食物。假设没有这项发明，大豆就只有豆豉、豆芽和炒豆三种吃法。我老家的豆豉加了剁椒，香辣绵烂，可以直接下饭；豆芽也很鲜美，但不知什么原因，街上很少有卖。炒豆倒是过年必备的小食零嘴。我一向以家乡风物自豪，我们那里的西瓜、凉薯、辣椒、红薯、芋头、米酒、狗肉等都是天下少见的好，但硬邦邦的炒豆实在让人无法忍受。如果说这世上有一种食物我不但不爱，反而恨之入骨，那一定是炒豆。

所以我特别感谢豆腐的发明。小时候父老乡亲眼中的四大好菜是"猪肉鱼，豆官蒟"，其中豆官就是豆腐。蒟就是蒟蒻，俗称魔芋，不过市场上卖的魔芋是加工后的产品。蒟蒻和芋头一样是生长在土里的块茎，芋头比较规整，一般都是椭圆形，蒟蒻奇形怪状，变化万千，可能就是因此得名魔芋。很长时间我以为蒟蒻就是何首乌。蒟蒻直接加辣椒焖炒口感接近芋头。我们老家有芋丸子，也有蒟丸子，一般认为蒟丸子更好吃、更高级。

孟子主张"民为贵，社稷次之，君为轻"，在他的著作中把"七十者可以食肉"视为仁政，由此可见在"人生七十古来稀"的时代，老百姓基本上只有为他人养猪的分。所以从某种意义上讲，正是这看来毫不起眼的豆腐延续了中华民族的香火。水泊梁山"大碗喝酒，大块吃肉"对断屠千年的百姓们来说，是最现实的目标和最动人的口号。

在我小时候的农村里，豆腐是只有贵客上门或逢年过节才能吃上的好菜，因为得花钱买。好在我有一个叔叔会做豆腐，而且做得很好。他做的豆腐莹白如玉，看起来绵绵软软、颤颤巍巍，却绝对不会散碎。在那个炒菜很少放油的年代里，自有一种清香膏腴。

中国的豆腐名馔仅自成系列的就有八公山豆腐宴、剑门豆腐宴和乐山西坝豆腐宴等。八公山豆腐宴有四百多种风味各异的豆腐菜肴。剑门豆腐也有八十多个品种，仅有千余人口的剑门场却有一百多家经营豆腐的店铺。同在蜀地的乐山西坝豆腐节也有三百多种豆腐美食，誓与八公山豆腐宴争夺"天下第一"，可惜我上次经过乐山时竟对此一无所知。此外，全国各地都有自己的豆腐名吃，但最出名的当属四川麻婆豆腐。

不久前我去了成都青羊宫对门的"陈麻婆豆腐"总店。店面装修得很一般。我因为在成都的时间有限，还想去吃其他小吃，所以看了半天菜单，小心翼翼地问：可以只吃麻婆豆腐一样吗？服务员马上说可以。在四川就有这个好处，你不会因为点的菜少而受到冷遇。等了几分钟后，七块钱一份的麻婆豆腐和附送的米饭端了上来。果然麻辣鲜香，和此前吃过的麻婆豆腐完全两样。在这样的地段、这样的名店竟有这样价廉物美的饮食，唯有羡慕成都人。

记忆中吃过的好豆腐还有北京地安门附近一家"太熟悉家常菜"的豆花鱼。这也是一家川菜馆，其中有个川妹子服务员比很多网红美女更美丽清纯。这里的豆花鱼不但价廉物美，而且用大海碗装，最适合我这种穷而能吃的饿鬼，也适合朋友中的吝啬鬼"千年请一回"。很多饭馆的豆花类菜肴往往豆腐和鱼肉各自为政，同床异梦，做不到水乳交融。"太熟悉"的豆花吸收了鱼的鲜香，辣味也拒绝入乡随俗改良，和那个美丽的川妹子服务员一样令人难忘。

豆腐是最平民化的食物，卖蔬菜的价钱却有鱼、肉的味道和营养，而且和其他菜相得益彰。据说把豆腐传入日本的是鉴真和尚。日本人善于模仿，他们发明了草莓豆腐、芝麻豆腐、菜汁豆腐以及花生豆腐，更好的组合各种营养。尤其值得称道的是他们的包装和保鲜技术越来越先进，低温下可以保质一年之长。

英文"Tofu"一词明显来自中文。发明豆腐的是中国人，在欧美用豆腐赚钱的却是姿三四郎。正如我们发明了火药，结果清军被八国联军打得望风而逃；我们发明了足球，结果中国足球成了耻辱。

豆腐可以美容则多半是从豆腐白白嫩嫩产生的联想。也许因为卖豆腐的女子有些比较白嫩，所以产生了"豆腐西施"这个专用名词。我认为女子的美貌天然的居多，即所谓美人胚子、天生丽质。真正女大十八变、丑小鸭变天鹅的并不多，豆腐可以美容只是一种想当然的联系，坚持此说的很可能家里在做豆腐生意。

其实就像化妆品，能不能扮靓变美因人而异。天生丽质的人，淡施脂粉甚至素面朝天一样动人。有些人自然条件有限，浓妆艳抹反而有失本真甚至吓人。我曾在一个阴雨天被北京的一位公共汽车售票员吓得魂飞魄散，至今仍怀疑自己误乘北京民间传说中那辆著名的鬼车，庆幸能够死里逃生。

食事诗

　　中国第一部诗歌总集《诗经》有"投我以木桃，报之以琼瑶"以及"硕鼠硕鼠，无食我黍"之类的诗句。可以算是最早的食事诗。

　　如果把食事诗定义为"和酒食有关的诗词"，那刘邦的《大风歌》是最早最有名的食事诗之一。据司马迁《史记》记载："高祖还归，过沛，留。置酒沛宫，悉召故人父老子弟纵酒，发沛中儿得百二十人，教之歌。酒酣，高祖击筑，自为歌诗曰：'大风起兮云飞扬，威加海内兮归故乡，安得猛士兮守四方！'令儿皆和习之。高祖乃起舞，慷慨伤怀，泣数行下。"整首诗没有提及"酒食"二字，但却是刘邦在酒席上即兴创作的，算是一首酒令。

这样做显然有些牵强，因为后世很多送别应酬的诗歌，大都是在酒席上写成，唐五代以后的词很多就是酒令。所以，最早有关食事的名诗应该是曹操的《短歌行》：

> 对酒当歌，人生几何？譬如朝露，去日苦多。
> 慨当以慷，忧思难忘。何以解忧？唯有杜康。

有关饮酒的诗应以曹孟德的这首最有影响，后来陶渊明的"若复不快饮，空负头上巾"，李白的"举杯邀明月，对影成三人"以及王翰的"葡萄美酒夜光杯，欲饮琵琶马上催"都有所不及。"何以解忧？唯有杜康"成为很多人喝酒买醉的借口；"对酒当歌，人生几何？"更是后世歌厅的先河。

西晋才子陆机写过一首《短歌行》，明显受曹操影响：

> 置酒高堂，悲歌临觞。人生几何，逝如朝霜。时无重至，华不再扬。苹以春晖，兰以秋芳。来日苦短，去日苦长。今我不乐，蟋蟀在房。乐以会兴，悲以别章。岂日无感，忧为子忘。我酒既旨，我肴既臧。短歌可咏，长夜无荒。

到了东晋，大诗人陶渊明有《饮酒》二十首，还写过《止酒》《述酒》，然而写得最好的这首通篇却不带"酒"字：

> 结庐在人境，而无车马喧。
>
> 问君何能尔，心远地自偏。
>
> 采菊东篱下，悠然见南山。
>
> 山气日夕佳，飞鸟相与还。
>
> 此中有真意，欲辨已忘言。

南朝梁、陈间诗人陆琼（一说也是陆机）写过一首六言诗：

> 葡萄四时芳醇，琉璃千钟迎宾。
>
> 夜饮舞迟销烛，朝醒弦促催人。
>
> 春风秋月恒好，欢醉日月言新。

总之直到隋唐，食事诗很少提到下酒菜，难道在这之前人们习惯把酒当作日常饮料？到了唐朝就不同了，李白嗜酒如命：

> 天若不爱酒，酒星不在天。地若不爱酒，地上无酒泉。
>
> 天地既爱酒，爱酒不愧天。已闻清比圣，复道浊如贤。
>
> 贤圣既已饮，何必求神仙。三杯通大道，一斗合自然。

但得酒中趣，勿为醒者传。（《月下独酌四首》之二）

但没有下酒菜是不行的：

鲁酒若琥珀，汶鱼紫锦鳞。山东豪吏有俊气，手携此物赠远人。意气相倾两相顾，斗酒双鱼表情素。双鳃呀呷鳍鬣张，跋刺银盘欲飞去。呼儿拂几霜刃挥，红肌花落白雪霏。为君下箸一餐饱，醉着金鞍上马归。（《酬中都小吏携斗酒双鱼于逆旅见赠》）

传说李白哥哥是蜀中巨贾，当年轻信弟弟吹牛，赠送李白满船黄金供他交游；玄宗皇帝也曾"赐金放还"，但李白挥金如土，很快就穷得只能典当"五花马，千金裘"，所以后来像中都小吏这样有酒有鱼招待的时候其实不多，有时候只好在田家将就：

我宿五松下，寂寥无所欢。

田家秋作苦，邻女夜舂寒。

跪进雕胡饭，月光明素盘。

令人惭漂母，三谢不能餐。

"雕胡"我当初以为是什么山珍，后来一看注解才知道是茭白。当时大概吃的人还不少，杜甫也写过"滑忆雕胡饭，香闻锦带羹"（《江阁卧病走笔》）。

一般读者的印象里，杜甫要比李白寒酸得多。但如果从留下的写食诗来看，杜甫也不是废寝忘食的苦吟诗人。他一边和李白把酒言欢，一边偷偷记录李白、贺知章等人的醉态。

知章骑马似乘船，眼花落井水底眠。汝阳三斗始朝天，道逢曲车口流涎，恨不移封向酒泉。左相日兴费万钱，饮如长鲸吸百川，衔杯乐圣称世贤。宗之潇洒美少年，举觞白眼望青天，皎如玉树临风前。苏晋长斋绣佛前，醉中往往爱逃禅。李白一斗诗百篇，长安市上酒家眠，天子呼来不上船，自称臣是酒中仙。张旭三杯草圣传，脱帽露顶王公前，挥毫落纸如云烟。焦遂五斗方卓然，高谈雄辩惊四筵。（《饮中八仙歌》）

也许正是这首诗影响了李白的政治前程，所以我们看到杜甫总是对李白献殷勤，"三夜频梦君"，李白却并不把他当哥们。

李白爱理不理，杜甫只好去找卫八处士：

人生不相见，动如参与商。今夕复何夕，共此灯烛光。

少壮能几时，鬓发各已苍。访旧半为鬼，惊呼热中肠。

焉知二十载，重上君子堂。昔别君未婚，儿女忽成行。

怡然敬父执，问我来何方。问答乃未已，驱儿罗酒浆。

夜雨剪春韭，新炊间黄粱。主称会面难，一举累十觞。

十觞亦不醉，感子故意长。明日隔山岳，世事两茫茫。

（《赠卫八处士》）

诗中的"夜雨剪春韭，新炊间黄粱"是食事诗中的名句，为了这么美的诗我不止一次试着去吃向来不感兴趣的韭菜，却怎么也做不到爱韭如诗，现在我已基本上把春韭当作兰花一样的观赏植物，可看而不可吃。

李白初次出川准备漫游吴越时，说自己"此行不为鲈鱼脍，自爱名山入剡中"（《秋下荆门》）。此地无银三百两，欲盖弥彰。杜甫在《泛房公西湖》诗中赞美所吃的莼菜鲈鱼是："豉化莼丝熟，刀鸣脍缕飞。"可见鲈鱼在唐代和今天的鲍鱼海参鱼翅一样名贵。那时候鱼的做法以脍制最为常见，杜甫闲来无事，曾在《阌乡姜七少府设脍戏赠长歌》中描写过脍制鱼的过程："饔人受鱼鲛人手，洗鱼磨刀鱼眼红。无声细下飞碎雪，有骨已剁觜春葱。偏劝腹腴愧年少，软炊香饭缘老翁。落砧何曾白纸湿，放箸未觉金盘空。"又在《观打鱼歌》中说："绵州江水之东津，鲂鱼鲅鲅色胜银。渔人漾舟沈大网，截江一拥数百鳞。众鱼常才尽却弃，赤鲤腾出如有神。潜龙无声老蛟怒，回风飒飒吹沙尘。饕子左右挥霜刀，脍飞金盘白雪高。徐州秃尾不足忆，汉阴槎头远遁逃。鲂鱼肥美知第一，既饱欢娱亦萧瑟。君不见朝来割素鬐，咫尺波涛永相失？"这里提到的另一种名贵鱼类鲂鱼，就是后来经毛泽东品题而名声大噪的武昌鱼。

王翰以一首《凉州词》名留千古，也帮助古凉州卖出不少美酒。我的一个同学还从敦煌带回来几个"夜光杯"，可看起来像是牛角做的，夜里也不发光。

盛唐诗人李颀写过不少豪迈的诗，他的《缓歌行》豪气不输王翰："男儿立身须自强，十年闭户颍水阳。业就功成见明主，击钟鼎食坐华堂。二八蛾眉梳堕马，美酒清歌曲房下。"

真正把边地风情饮食写得令人神往的是边塞诗人岑参，他的《酒泉太守席上醉后作》写当地别具风味的饮馔："琵琶长笛曲相和，羌儿胡雏齐唱歌。浑炙犁牛烹野驼，交河美酒金叵罗。"据有的研究者考证，金叵罗系指饮酒用的吸管，平时可作为簪子插在发髻上，至今藏民饮酒仍普遍使用。此外，岑参还写过"暖屋绣帘红地炉，织成壁衣花氍毹。灯前侍婢泻玉壶，金铛乱点野驼酥"（《玉门关盖将军歌》），"城头月出星满天，曲房置酒张锦筵。美人红妆色正鲜，侧垂高髻插金钿"（《敦煌太守后庭歌》）。

张志和《渔歌子》"西塞山前白鹭飞，桃花流水鳜鱼肥。

青箬笠，绿蓑衣，斜风细雨不须归"描写渔家的闲逸，但最令食客们心动的还是那在桃花水中游弋的鳜鱼。

中唐诗坛"元白"并称。两人还是莫逆之交，但元稹成就明显不如白居易，人品也大有问题。传说唐传奇《莺莺传》（后来演变成《西厢记》）里那个负心的张生原型就是元稹，他结交宦官的劣迹更是史有明据，但他写给妻子的悼亡诗却是名副其实的千古绝唱：

> 谢公最小偏怜女，自嫁黔娄百事乖。
>
> 顾我无衣搜荩箧，泥她沽酒拔金钗。
>
> 野蔬充膳甘长藿，落叶添薪仰古槐。
>
> 今日俸钱过十万，与君营奠复营斋。

元稹虽然官至宰相，但却公认混得不如白居易。白居易做过杭州刺史和苏州刺史，苏杭两个人间天堂都曾在他管辖之下，这份得意连东坡也自愧不如。他在杭州留下白堤，还写下"江南忆，最忆是杭州。山寺月中寻桂子，郡亭枕上看潮头。何日更重游"。晚年以太子宾客分司东都，昔日满腹牢骚的江州司马摇身一变成为诗酒风流的太子少傅。《旧唐书》说"诗人之达者唯适而已"，认为官至节度使的边塞诗人高适是唐代诗人中混得最好的，我以为论官职他不如元稹，论生前身后名，五十岁才开始时来运转的他更远不如白居易。

白居易写过一首《问刘十九》，是他悠闲生活的写照：

绿蚁新醅酒，红泥小火炉。

晚来天欲雪，能饮一杯无？

白居易做忠州刺史期间，据说还教当地人做过"胡麻饼"，即后来的"香山蜜饼"。他还将饼寄给在万州当刺史的好友杨某品尝，并附诗一首："胡麻饼样学京都，面脆油香新出炉。寄与饥馋杨大使，尝看得似辅兴无？"辅兴是当时京城长安有名的烧饼铺。

李贺是另一个心比天高、命比纸薄的才子。据说毛泽东特别喜欢"唐诗三李"（李白、李贺、李商隐），如果他活在毛泽东时代，只会写《女神》和《天上的市街》的郭沫若在解道"几回天上葬神仙，漏声相将无断绝"的李贺面前，恐怕就只好专心去找"年轻的女郎"了。李贺笔下的宴饮也写得绮丽浓艳，迥非人间：

琉璃钟，琥珀浓，小槽酒滴珍珠红。烹龙炮凤玉脂泣，罗纬绣幕围香风。吹龙笛，击鼍鼓，皓齿歌，细腰舞。况是青春日将暮，桃花乱落如红雨。劝君终日酩酊醉，

酒不到刘伶坟上土。（《将进酒》）

李商隐少年成名，又抱得美人归，娶了泾原节度使王茂元的千金，可惜一生深陷牛李党争，洞房花烛夜竟是人生失意始。他为了生计，到过当时相对偏僻的广西桂林、四川三台任幕职，沉沦下僚，"嗟余听鼓应官去，走马兰台类转蓬"，但他也写了"美酒成都堪送老"这样的诗句。

杜牧一生潇洒得多，"十年一觉扬州梦，赢得青楼薄幸名"，即使"落魄江湖载酒行"，也有"楚腰纤细掌中轻"。今天山西汾酒之所以有这么大的影响，不能不归功于杜郎俊赏：

清明时节雨纷纷，路上行人欲断魂。
借问酒家何处有，牧童遥指杏花村。

杜牧写的是清明，韩翃的《寒食》似乎更切题：

春城无处不飞花，寒食东风御柳斜。
日暮汉宫传蜡烛，轻烟散入五侯家。

韩翃因此得到皇帝赏识，被御笔钦点为翰林学士，以一首诗得此荣华，实在是隋唐嘉话。

五代和南北朝一样天下大乱，但南唐、前蜀相对安定，加上南唐李璟、李煜父子，蜀主王衍都雅好文辞，所以词人辈出。很多文学史家认为五代词人出手不凡，总体成就比宋词有过之无不及。这种现象很像古希腊戏剧，完全违反文学发展的常理，让很多讲唐诗喜欢从汉朝讲起的老先生陷入尴尬境地。

五代君臣躲在各自的小朝廷里寻欢作乐，所以他们的唱和中大量出现醇酒美人。实际上正如前面提到的，词就是以酒令的形式出现，自然少不了酒，更少不了唱酒令助兴的美人。比如冯延巳的《鹊踏枝》：

> 几度凤楼同饮宴，此夕相逢，却胜当时见。低语前欢频转面，双眉敛恨春山远。蜡烛泪流羌笛怨，偷整罗衣，欲唱情犹懒。醉里不辞金盏满，阳关一曲肠千断。

北宋写食自以东坡为大家，据说他曾为一海南老太太做的环饼宣传："纤手搓来玉色匀，碧油煎出嫩黄深。夜来春睡知轻重，压扁佳人缠臂金。"我觉得这个老太太如果是妙龄女子或徐娘半老，此诗更有味道。

在杭州的茶馆里，有一种小吃叫喜蛋，蛋中的小鸭已具雏形，但没有脱壳就死了。我小时候在外婆家吃过这东西，现在大了反而不敢吃了，毛茸茸的实在有些可怕。据说江浙一带吃喜蛋的历史可以远溯到唐朝，《新唐书·地理志》说，"江南道苏州吴郡土贡鸭胞"。有人分析这个鸭胞就是喜蛋，也就是鸭馄饨。宋朝周密在他的诗里提到"跳上岸头须记取，秀州城外鸭馄饨"。元代方回《听航船歌》也说："争似梢公留口吃，秀州城外鸭馄饨。"这几句诗反复提到秀州（嘉兴）城外鸭馄饨，可见那时嘉兴城外的鸭馄饨非常有名。清诗人朱彝尊作《鸳鸯湖棹歌》诗，其中有："鸭馄饨小漉微盐，雪后垆头酒价廉。听说河豚新入市，蒌蒿荻笋急须拈。"

从鸭馄饨的文献我们可以看出，北宋以后，文人渐渐喜欢谈论饮食，就算是鸭馄饨这种比较罕见的食物，也被人多次提及。

苏东坡《惠崇春江晚景》说到鸭子、河豚和蒌蒿，陆游《戏咏山家食品》说："牛乳抨酥瀹茗芽，蜂房分蜜渍棕花。旧知石芥真尤物，晚得蒌蒿又一家。"和前代诗人笼统说到酒肉相比，这已算是专业的写食诗了。

明清以后，中唐刘禹锡推广过的巴渝竹枝词大行其道，冯梦龙等通俗文学家大量编印发行竹枝词集，甚至认为本朝诗歌佳作寥寥，能够代表明代文学和唐诗、宋词、元曲相抗衡的就是这些《挂枝儿》《夹竹桃》。这种来自民间的活泼体裁，最适合写风土人情、"饮食小道"，所以明清以后写食写得好的名家很少，倒是竹枝词里往往见宝。

北京两种常见的食物都曾入诗：

入汤顷刻便微温，佐料齐全酒一樽。齿钝未能都嚼烂，囫囵下咽果生吞。（爆肚）

闲来肉市醉琼酥，新到莼鲈胜碧厨。买得鸭雏须现炙，酒家还让碎葫芦。（烤鸭。碎葫芦是一饭庄名。）

清朝诗人金和看见太平天国一份军贴征用的食品清单，用柏梁体记录下来，有一定的史料价值："先期大飨聊止啼，军帖火急一卷批；牛羊猪鱼鹅鸭鸡，茄瓠葱韭菰蕨藜，桃杏栌芍菱藕梨，酒盐粉饵油酱醯。"

杭州有一首竹枝词写卖水果的小贩，明白如话：

小步街头日夕回，桂花果子白杨梅。
寄人檐下高声唤，六个铜元一大堆。

南昌有一首写菜贩：

夜半呕哑拨橹声，菜佣郭外听鸡鸣。
青菘碧蒜红萝卜，不到天明已入城。

一位江南水乡少女与自己意中人邂逅，告诉情郎如何以吃茶为借口找她：

临湖门外是侬家，郎若闲时来吃茶。

黄土筑墙茅盖屋，门前一树紫荆花。

说到茶，自然必须提到唐朝的茶圣陆羽。他在今浙江湖州一代和诗僧交游。作为出家人的皎然可能深受陆羽影响，写过一首很好的茶事诗《饮茶歌诮崔石使君》：

越人遗我剡溪茗，采得金芽爨金鼎。素瓷雪色飘沫香，何似诸仙琼蕊浆。一饮涤昏寐，情思爽朗满天地；再饮清我神，忽如飞雨洒轻尘；三饮便得道，何须苦心破烦恼。此物清高世莫知，世人饮酒多自欺。愁看毕卓瓮间夜，笑向陶潜篱下时。崔侯啜之意不已，狂歌一曲惊人耳。孰知茶道全尔真，唯有丹丘得如此。

但公认写得最好的茶诗是中唐诗人卢仝的《走笔谢孟谏议寄新茶》。

日高丈五睡正浓，军将打门惊周公。口云谏议送书信，白绢斜封三道印。开缄宛见谏议面，手阅月团三百片。闻道新年入山里，蛰虫惊动春风起。天子须尝阳羡茶，百草不敢先开花。仁风暗结珠蓓蕾，先春抽出黄金芽。摘鲜焙芳旋封裹，至精至好且不奢。至尊之余合王公，何事便到山人家？柴门反关无俗客，纱帽笼头自煎吃。碧云引风吹不断，白花浮光凝碗面。一碗喉吻润，二碗破孤闷。三碗搜枯肠，惟有文字五千卷。四碗发轻汗，平生不平事，尽向毛孔散。五碗肌骨清，六碗通仙灵。七碗吃不也，唯觉两腋习习清风生。蓬莱山，在何处？玉川子乘此清风欲归去。山上群仙司下土，地位清高隔风雨。安得知百万亿苍生命，堕在颠崖受辛苦。便为谏议问苍生，到头还得苏息否？

卢仝自号玉川子，爱茶成癖，因为这首诗被后人尊为茶中亚圣。陆羽写过《茶经》，他著有《茶谱》，据说他的这首《七碗茶歌》在日本广为传颂，并演变为"喉吻润、破孤闷、搜枯肠、发轻汗、肌骨清、通仙灵、清风生"的日本茶道。日本人对卢仝推崇备至，常常将他和"茶圣"陆羽相提并论。

苏东坡也有脍炙人口的咏茶佳作。他的《汲江煎茶歌》说："活水还须活火烹，自临钓石汲深情。大瓢贮月归春瓮，小杓分江入夜瓶。雪乳已翻煎脚处，松风忽作泻时声。枯肠未易禁三碗，卧听荒城长短更。"

当然更知名的是下面这首《次韵曹辅寄壑源试焙新茶》。

仙山灵雨湿行云，洗遍香肌粉未匀。

明月来投玉川子，清风吹破武林春。

要知冰雪心肠好，不是膏油首面新。

戏作小诗君莫笑，从来佳茗似佳人。

台湾学者逯耀东先生特别喜欢宋朝另一位诗人杜小山的这首《寒夜》，把他用作自己的书名：

寒夜客来茶当酒，竹炉汤沸火初红。

寻常一样窗前月，才有梅花便不同。

元明清之后，让我印象深刻的茶诗只有郑清之的"一杯春露暂留客，两腋清风几欲仙"，这两句诗也常常成为茶馆的门联。

白帝城边土菜香

在三峡大坝正式合龙之前，我特意去了一趟重庆，沿江而下准备看一眼即将永久改变的巴东三峡。最想看的当然是瞿塘峡口的夔门，可惜那艘邮轮半夜经过瞿塘峡，我在睡梦中穿过了夔门天险。

最近去奉节做一个和唐诗有关的电视节目，终于弥补了当年的遗憾。到了奉节我才彻底弄清楚，奉节是古代的夔州首府，白帝城就在正对夔门的瞿塘峡口。白帝城原名子阳城，西汉末年群雄并起，蜀郡太守公孙述趁乱称王，开始在此筑城屯兵。城中有口水井常冒白气，宛如白龙，公孙述因此自号白帝，子阳城也更名白帝城。

奉节人以诗城自豪，在这里确实发生了很多和古典诗词有关的故事。安史之乱后李白卷入宫廷斗争，流放夜郎的时候在白帝城得到赦免，立刻掉头回到江南。杜甫拖家带口离开四川时在这里停留了两年，创作了《登高》《咏怀古迹五首》和《秋兴八首》等重要诗篇。做过夔州刺史的刘禹锡在这里把竹枝词光大发扬，从此竹枝词一枝独秀，成为民间歌谣的代表。

如果你不亲临奉节，很难体会杜甫笔下的"风急天高猿啸哀，渚清沙白鸟飞回"和刘禹锡笔下"山上层层桃李花，云间烟火是人家"的意境。

游客白天可以看白帝城和夔门天险，晚上可以坐在江边酒楼一边涮火锅一边欣赏"三峡星河影动摇"。奉节江边有条步行街沿坡而上，这里的夜景让人想起重庆解放碑，但相对解放碑建筑的杂乱无章，这条步行街规划得更加漂亮。

奉节古代属于巴国，巴蜀人对饮食比较讲究，我们去过的饭馆都不错。这里的火锅和重庆火锅一样纯正，各种地方菜馆也很少失手。印象最深的是一家做法独特的柴火鸡，餐桌中间安放一个大铁锅，女厨师当场操作。为了防止跑烟和溅油，店家特意制作了一个喇叭形的大锅盖倒立在饭桌上，油烟通过巨蟒般的管道直达屋顶上的烟囱，菜炒熟后再把锅盖拿走。形式上比较新颖，实际上是东北小鱼酱锅贴饼子的翻版。锅里炒的是鸡肉土豆粉条之类的大杂烩，锅沿上贴着一些玉米饼。大杂烩味道很好，但玉米饼和东北出品相比有所不如。

离开奉节前一天我们决定去看看小寨天坑，没想到路上突然下雪，我们租的车没有装防滑轮，所以只看了旱夔门就掉头往回走。旱夔门是两扇对立的高耸绝壁，看起来确实有些夔门的味道。下山途中经过的村镇没有找到吃饭的地方，后来到了山下一家号称四星级的农家乐，一问厨师打麻将去了，只好在农家乐隔壁的一个小饭馆解决午饭。

小饭馆装修简陋，连门都关不上。掌勺的老板娘身形肥硕但动作利索，她老公却眉清目秀。当时我们真不抱太大希望，觉得能做一顿便饭吃饱驱寒就行。结果端上来的菜远超预期，不但卖相不错，味道也远非寻常饭馆可比。尤其是肥娘子炒的腊排骨，既有腊肉的浓香，又不失新鲜排骨的清甜。以前我吃过的腊肉多半是腊猪头、腊猪蹄、腊肥肠，从没想过还有腊排骨。当大家都已经放下筷子的时候，我为了不辜负这碗好排骨，继续坚持把菜吃完。同行的电视台朋友感叹，终于相信我年轻时是个饭桶。

对游客来说，奉节有夔门天险，有诗歌情怀，有热情爽朗的阿妹，还有香辣可口的饭菜，而且只要不是旅游旺季，奉节的宾馆饭店价廉物美。"杨柳青青江水平，闻郎江上踏歌声"的时代回不去了，但我们依然可以体验"两岸山花似雪开，家家春酒满银杯"。

巴山小馆

君问归期未有期，巴山夜雨涨秋池。

何当共剪西窗烛，却话巴山夜雨时。

　　因为李商隐这首《夜雨寄北》，我对三峡两岸"猿鸣三声泪沾裳"的巴山分外有好感，神女巫山也是大巴山的一部分。这些年大陆流行《一生要去的五十个地方》之类的旅行指南，我没有仔细阅览，但三峡肯定是其中之一，不然就有遗珠之憾。站在三峡游船上极目遥望，远山在晚霞晓雾中仪态万方。如果这时候云中有人唱起竹枝，怎不让人以为遇见高唐神女？

最近去了两趟深圳，都住在罗湖火车站附近。罗湖火车站附近有不少金碧辉煌的酒店、茶餐厅，我一个穷书生自然选择价钱相对便宜的川湘菜馆。在几个湖南打工妹子的推荐下，首先找到罗湖医院附近紧邻的两个湖南菜馆，名字好像叫小芙蓉还是湘满园。有些美食名家如逯耀东有收集菜单的习惯，所以写起文章来资料详尽。我也曾经下决心这样做，但一进餐馆就"得意忘言"，只好辩称凡是记不住店名和菜名的饭馆，不是它的饭菜乏善可陈，就是它的店名毫无特点。我至今还能想起其中一家湘菜馆的原因是这里有一道菜做得和菜单的图示大相径庭，被我拒吃后他们竟然巧立名目把这个菜的价钱分摊到诸如筷子、茶水等上面，真是欲加之菜，何患无辞。

后一次去深圳发现离火车站不远的东门步行街值得一去，比北京的王府井和上海的南京路更有意思。临走前在那里发现一家巴山小馆，想起李商隐的那首诗，顿生好感，决定上楼去试试。巴山小馆和几家比萨店、日本料理比邻而居，座无虚席。侍者把我们领到日本料理这边就座。开始我以为是两家店友好竞争，后来才知道老板是同一个人。我们两点多才吃午饭，所以只点了干锅牛杂、一个素菜、一份南瓜饼和一碗酒酿汤圆。素菜普通得让我想不起菜名，酒酿汤圆也平淡无奇。南瓜饼要在杭州就是狗不理，必须用劣质油不断回锅，才能取得这种效果。能把南瓜饼做成这样，这位师傅估计是有祖传秘方。但干锅牛杂确实不错。

干锅类的菜式看似简单，其实最讲究水功火候。因为锅子端上桌的时候，整个制作过程只完成了一半。接下来锅中菜肴在吃客面前自熟，厨师不能跟进，所以必须预先把温度水量算好，否则不是水淹七军就是火烧连营，这也是大多数干锅类菜式失败的原因。吃客谈笑风生酒酣耳热，往往注意不到火候。这时有经验的厨师和侍者沟通很重要，侍者可以及时添水或把火关小，帮助厨师完成全部工序的最后一道。

我平常很少吃干锅鸡或干锅肥肠，因为能把握好水功火候的饭馆实在不多，而且不知什么原因，厨师不愿意在干锅中放一点青椒、葱段之类的佐料改变一下颜色的单调。黑里透红的鸡肉或肥肠搭配红得发紫的干辣椒，怎么看都不像是美味佳肴。

巴山小馆的牛杂除了火候把握不错，还有个优点就是真材实料，虽然菜的总量不多，但牛杂里最受欢迎的牛百叶相对来说数量不少。两天之后我在珠海的一家饭馆要了个干锅鱼杂，我以为其中会有一些我最喜欢的鱼鳔，没想到"上穷碧落下黄泉，两处茫茫皆不见"。

那天晚上我一边嚼着香辣筋道的牛百叶一边想，就算为了这份干锅牛杂也不虚此行。

致命辣椒

最近见多识广的香港美食家蔡澜先生撰文宣称古巴哈瓦那产的一种黄色小灯笼椒世界最辣，结果几乎引来一场杀身之祸。

墨西哥人首先发出威胁，声称要把无视他们存在的蔡澜丢进加勒比海去喂鱼。墨西哥是辣椒的发源地，世界上最早的辣椒就是墨西哥境内的古玛雅人培育出来的，他们有一百多个辣椒品种，他们有天辣级的"沙维那阿巴内洛红辣椒"，他们让来自美国的快餐店也不得不入乡随俗，在汉堡包里夹上泡椒，他们还喜欢拿辣椒干吃、用辣椒下酒，甚至一边吃辣椒一边吃水果。

墨西哥人还把吃辣椒和爱国联系起来。他们最流行的一种辣椒调味菜叫"墨西哥萨尔萨"，用小绿辣椒、红西红柿、当地的一种小葱、香菜等切碎凉拌而成。这种凉拌辣椒是绿、白、红三种颜色，和墨西哥国旗的颜色一样。在爱国的墨西哥人看来，蔡澜的说法是对他们整个国家的伤害。

蔡澜无奈只好同意墨西哥的辣椒是世界之最，没想到这一来又得罪了智利，他们声称如果蔡澜不思改过，他们就要让他见识"地狱之火"。"地狱之火"是智利产的一种红指天椒，只要把它折断，放在唇边碰一碰，嘴唇就会立刻红肿起来。墨西哥杜伦鸟市每年举行吃"地狱之火"辣椒比赛，一九九二年这项赛事发生意外，参赛选手甘慕斯在吞下13个"地狱之火"后五分钟，口中冒烟，脸上变色，接着鼻孔、耳朵、脖颈和双手也开始起烟。人们惊声尖叫乱作一团，赶紧报警送往医院，可是为时已晚，他全身燃起烈焰。那火特别明亮耀眼，还发出一股辛辣的气味。二十分钟后，甘慕斯全身焚毁，衣服、鞋子、肌肉、骨骼等都化作了灰烬。一场狂欢节似的比赛以悲剧收场。

智利人的理由看起来很充分，首先，如果墨西哥辣椒是世界第一，为什么杜伦鸟市比赛用的辣椒来自智利？其次，在人类吃辣史上，有据可查的人在公共场所当场辣死，唯有甘慕斯。

蔡澜一想明枪易躲，暗箭难防，丢进海里说不定还能被人捞起，要是智利人把这种辣椒趁他在世界各地吃喝玩乐时偷偷放进他的饭菜里，岂不是神不觉鬼不知？他只好同意智利的"地狱之火"为世界第一。

英国多塞特郡一个名叫"海洋春天"的农场出产的纳加辣椒被美国香辛料贸易协会鉴定为世界上最辣的红辣椒，农场主人声称他的辣椒一定能改写吉尼斯世界纪录。这种新品种辣到什么程度？一般人稍微闻到一点这种辣椒的辣味，立即就会辣出眼泪，接触的时候必须戴手套。一家餐馆的老板说，很多声称特别能吃辣的顾客对纳加辣椒也只能蜻蜓点水，因为它实在太辣了，"简直能让大脑停止思维"。蔡澜改口这才是辣椒世界之最。

没想到几天过后，香港海关从几个印度年轻人身上搜出几枚催泪瓦斯。经过审问得知，这种催泪瓦斯是用辣素高达一百万的印度"鬼椒"制成的，其辣无比。印度年轻人认为蔡澜的评断长他人志气，灭亚洲威风，伤了文明古国的面子，所以要让他领教这种辣椒做成的催泪瓦斯，为信口开河付出代价，并趁机为印度辣椒打响名气。

蔡澜一听头都大了。他一向以自己身体好，抽烟喝酒胡吃海喝不影响健康自豪，万万没想到一句玩笑会大祸临头老命难保。这时他听说印度一位名叫邦忒那姆·尚尼的两岁男童小小究竟谁才是『天下第一辣』

年纪每天竟然能吃 15 个鬼椒。他的父母和当地政府的负责人希望被确认为一项新的世界纪录。老蔡决定把他们请来香港参加他主持的电视烹饪节目，帮助他们申报吉尼斯世界纪录，化解印度人对他的愤怒。不料媒体对这件事反响强烈，认为不应鼓励这种危害儿童身体的破纪录行为，吉尼斯世界纪录的发言人见此情形也只好表示反对。

蔡澜为自己的安全茶饭不思，考虑要不要搬家去大陆暂避风头。他的助理证实，蔡澜身边工作人员轻易不敢再提辣椒二字。除非出自己手，蔡澜不吃任何人端上桌的东西。一向风流潇洒的香港四大才子之一看来还是心有余悸。

深圳文哥

写食文章最忌写成菜谱，因为书店里已经有大量出自名厨或名餐馆的同类图书，读者何必受一个业余作者指导屋下架屋？此外就是说太多和饮食无关的题外话。有些在网络上点击率很高的美食博客，出版后却无人问津，就是这个原因。在这里我必须自我批评，我自己也经常跑题，痛骂贪官污吏都是见利忘义的吃货，埋怨他们下馆子的时候不带上我。

几年前偶然在网上看到深圳文哥的写食贴子，立刻觉得酒逢知己。在大陆当今的写食作家中，我觉得文哥比沈宏非有过之无不及。沈氏博览群书，他的优点在这里，缺点也在这里。

把美食文章写成菜谱过于拘泥，但是过犹不及，像沈宏非这样天马行空也让人像等着上菜一样着急。最近中央电视台《舌尖上的中国》第三季遭到观众抵制，也是因为经常离题。

好的写食文章不是餐饮指南，一定要趣味盎然，有风土人情的东西在里面，因此我和文哥都推崇汪曾祺的写食文章。汪老先生是那个时代少有的没有失去"人性"的作家，作品充满人间烟火气，加上深厚的文学功底，所以虽然他写的多是过桥米线、杨花萝卜、高邮咸鸭蛋之类的寻常疏食，却令人神往心驰。

我觉得判断写食图书的优劣和判断餐馆的好坏一样，有个最简明的标准，那就是读者或顾客愿不愿意做回头客。如果你的书常读常新，在网上看过后还想买一本放在床头，那肯定是好书；如果你的餐馆有很多熟客，他们不但自己来还推荐给亲友，你甚至不用在乎别人的非议，桃李不言，下自成蹊。

从文哥的文章可以看出，他是深圳一家报纸的美食记者。深圳是美食重镇，而且和公认的美食之都香港、广州毗邻，文哥占尽天时地利。文哥和他的很多同行的最大区别是，有自己的主见，不变相帮餐馆宣传，写寻常吃食而不是一味流连豪华餐馆。因为他的推荐比较靠谱，我本来决定带着他的书去探访他写得最多的"珠三角"，可惜他过去的写食图书《知味分子》已经脱销，暂时好像又没有新著。

朝鲜馆子

"风吹柳花满店香，吴姬压酒唤客尝。"

看到李白的这首《金陵酒肆留别》，我脑中浮现的"吴姬"不是吴侬软语的江南女子，而是能歌善舞的朝鲜妹子。朝鲜在中国开了很多朝鲜馆子，笑靥如花的朝鲜妹子穿着鲜艳的民族服装为客人歌舞助兴，把她们放到盛唐金陵酒家，肯定不会让人感到惊讶。

我第一次下朝鲜馆子还是我在北京郊区一所大学教书的时候。和我后来去过的很多连锁朝鲜餐馆相比，这家小饭馆外观和内饰简单到极致，但香味浓郁的大麦茶先得我心，石锅拌饭和朝鲜冷面更是让我一见钟情。此后看见朝鲜馆子我就赖着不走。朝鲜馆子也很争气，在我去过的各种地方饭馆中，只有朝鲜馆子很少让我失望。如果大街上几家相邻的饭馆有一家是朝鲜馆子，那我一定力排众议。

朝鲜菜酸酸辣辣，有时还加一点甜酱，喜欢这种口味的通常是大姑娘、小媳妇，但我去过的朝鲜馆子却以大叔居多，而且他们很少带自己的老婆。当年有点不明所以，直到自己现在也成了大叔。

朝鲜馆子最适合中年男子回首人生。人到中年以后壮志消磨，"弃我去者，昨日之日不可留；乱我心者，今日之日多烦忧"，逐渐把主要兴趣转移到美食旅游。这不是个别现象，我的很多同学都有这种倾向。朝鲜馆子通常装修简朴，总体风格很像大叔们年轻时的餐馆。

衡量一家饭馆的好坏，水平稳定是很重要的标准，而水平稳定正是朝鲜馆子的最大特点，因为朝鲜菜的品种和做法都相对简单。泡菜是朝鲜馆子成败的关键，正规的朝鲜馆子会在上菜前给客人准备几小碟泡菜，根据这几碟小菜的水准就可以判断这家馆子的水平。朝鲜馆子另一个重要指标是狗肉。朝鲜人擅长烹制狗肉，我们江西人也好这口，永新狗肉甚至在江湖上小有名气，但我认为无论永新狗肉还是花江狗肉，都不如朝鲜狗肉花样翻新、口感丰富。

在北京工作的时候，我去过几次东北，名义上是看哈尔滨冰雕，实际上是去寻找道地的朝鲜馆子。不过我感觉东北的朝鲜馆子和北京差不多。最近我打算去中朝边境的延吉、丹东，一般认为这里的朝鲜馆子更正宗。

很多人想减肥吃素又放不下口腹之欲，我觉得最好的解决办法就是下朝鲜馆子。石锅拌饭完全可以不放肉，朝鲜冷面里的那几片狗肉或者牛肉更显多余。

现在一提到朝鲜族姑娘，就让人想起韩剧和整形。其实朝鲜族姑娘天生丽质。朝鲜不用说了，韩国也是美女如云。蔡澜年轻时多次去过韩国，他证实韩国本来就盛产美女，整形是最近几十年的事。

炒凉薯和炒红薯

外婆的小山村不但马兰瓜远近驰名，凉薯同样是上品，清甜多汁，表面光滑特别好去皮。后一个特性非常重要，有些凉薯表面生了很多根须，剥皮极其困难，像我这种没有耐心的人宁愿不吃。

成熟的西瓜表皮清脆，往往刀一接触甚至指甲一划就自己裂开，外婆村子里的凉薯剥开后表面也会出现很多裂纹。这种裂纹就像哥窑陶瓷的冰裂纹一样美丽，是优质凉薯的重要标志，说明凉薯水分充足，清脆无滓。

俗话说"五里不同风，十里不同俗"，我们赣南就很明显。

虽然同为客家人，邻乡甚至邻村之间口音就不一样。很多地方把凉薯当水果，我老家主要用来做菜。凉薯炒肉是我最爱的夏日小炒之一，有一次我在湘鄂两省交界的山区也看到这种搭配，真是让我喜出望外。这个菜最好用猪油炒，多放一点尖椒。起锅的时候点几滴酱油调色，完全没必要放味精、鸡精，因为凉薯和瘦肉都很鲜甜。

凉薯不是每个地方都有，如果你没有亲眼见过、亲口尝过，光凭描述很难让你清楚它的外形和味道。有的地方把红薯叫地瓜，我觉得凉薯也是生长在地下，比红薯甜而多汁，更适合取名地瓜。

我们老家所有红薯、白薯都叫番薯，红薯只有读过书的人偶尔这么叫，压根没有白薯一说。可实际上我们那里种得最多的正是白薯，就是淀粉很多适合做粉条那种。北方的大街小巷过去有很多烤白薯的炉子，实际上烤的多是红薯，就是里面的薯肉红红黄黄的那种。红薯烤熟后只有甜味，而白薯烤熟后又香又甜，完全不能相提并论。我一个移民国外长住多哈的女同学和我观点正好相反，她在满世界找埃及红薯，认为乌干达的白薯太干。

白薯也是可以用来炒的。凉薯最好和肉一起炒，白薯不需要帮衬，连酱油都可以免了，只要多放一点尖椒，成品辛辣香甜，无论下饭还是就粥都是隽品。几十年前我在家乡中学教书，首创辣炒红薯，左邻右舍都惊讶围观。他们品尝后觉得还不错，但跟着这样做的好像不多。

文无定法，做菜同样如此。很多家庭主妇一辈子接触过凉薯和白薯无数次，但很少有人用来做菜，好像有什么限制它们做菜的清规戒律。其实完全可以试试。

我们希望炒出来的菜鲜甜，但又不想放糖和味精，胡萝卜、凉薯或红薯之类的蔬菜就是最好的替代品。利用蔬菜本身的天然甜味提鲜是最健康的做法。有些不动脑筋的厨师，无论炒菜还是做面食，都要放大量味精甚至硼砂。很多人因此对饭馆望而却步，我也担惊受怕，只能祈求这些师傅多买彩票，中奖之后放我们一马。

肉夹馍和驴肉火烧

　　我这人有个连自己都无法理解的习惯，要么很长时间不出门，要么出了门就不想回家。最近去了洛阳、潼关、西安、北京、保定、青岛等地，如果不是囊中羞涩，我还想去敦煌、酒泉甚至新疆喀纳斯。高铁时代出门真的很方便了，只要不是节假日，住店也还算价廉物美，唯一的遗憾是车票太贵。

　　这次出门的最大收获是，尽情品尝了我最爱的北方小吃肉夹馍和驴肉火烧，知道驴肉火烧有保定和河间两个不同门派。我还发现潼关可能是肉夹馍的诞生地。我在洛阳和西安甚至青岛都看到有人打着"潼关肉夹馍"的招牌。

我是从洛阳坐老旧的绿皮火车去的潼关，到潼关的时候已经是晚上七点。我拖着行李箱出了火车站以后，沿着坑洼不平的街道去找预定的宾馆。那家宾馆在潼关一条步行街上，装修得比较时尚但房间狭窄，卫生间更是转身都困难，跟我前一天在洛阳龙门石窟附近住的那家宽敞舒适的宾馆对比鲜明。寒冷的冬天房间空调却几乎不能制暖。一切都预示这是一个难熬的夜晚。

　　放下行李简单收拾以后，我出门去街上找地方吃晚饭。街上冬寒料峭，按照本地人的指点我在步行街附近那条街道并没找到看起来还行的面馆。正当我准备找个超市买点零食对付一顿的时候，看见了一家装修还不错但没有顾客的饭馆，名叫杜家肉夹馍。老板娘看起来开朗热情。我点了一个肉夹馍和一份鸭儿汤。鸭儿汤其实就是紫菜汤，不过有几片里脊肉浮在其中，确实有点像春江水暖鸭先知的味道。

　　先上的是鸭儿汤，味道中规中矩。但是肉夹馍第一印象就很好。和大多数肉夹馍黑不溜秋的内馅不同，杜家肉夹馍中间夹的卤肉是浅色的，连透明的肉筋都一清二楚，显然酱油放得很少。金色的面馍夹着浅色的卤猪肉或卤牛肉，看着就有食欲。鸭儿汤和肉夹馍加在一起十二块钱，我其实已经很饱，但兴奋之下又要了一碗岐山臊子面，水准也在一般北方面馆之上。第二天早上我本想换个地方吃早餐，后来还是来到这家店。这里让我觉得比较保险，一顿难吃的早餐可以破坏我一天的心情。

中午去游潼关古城，在路边买了个肉夹馍，内馅太咸，印象一般。潼关古城正在大兴土木重修。过去我一直以为表里山河的潼关和山海关差不多，关城修筑在黄河和华山连接处，到了现场才知道潼关有点像肉夹馍，三山夹两关。说不定正是关城的结构启发潼关人发明了肉夹馍。我穿过工地爬上其中一座关城，虽然还未竣工，依然可以感觉到潼关天险名不虚传，很难想象如果唐朝政府军不自乱阵脚，安史叛军能把潼关攻陷。当年潼关一战唐朝连折高仙芝、封常清和哥舒翰三员大将，强大的唐朝由盛转衰，彻底改变中国历史的走向。

几天之后我折返石家庄，突然想到慕名已久的保定火烧，觉得可以把肉夹馍和火烧放在一起进行比较，两者有很多相似之处。于是改变原定行程去了保定及河间。

吸取上次去潼关时间太晚的教训，这次到达保定是在中午。我一个同学是河北大学毕业的，河北大学就在保定，她托我去她母校看看。我觉得大学附近可能有价廉物美的宾馆和饭馆，所以离开高铁站我就直奔着河北大学去了。到了校门口问往来的大学生，他们一片茫然，我当机立断打车来到市中心的万达广场。根据我最近出门觅食的经验，现在由于传统商场遭到电商沉重打击，北京王府井之类的城市商业中心不得不降低租金招揽餐饮名店进驻。过去主要顾客是外来游客的城市商业中心现在的主要顾客是本地吃货。北京王府井如此，重庆解放碑如此，连保定这种中等城市也是如此。由于已经过了吃饭时间，保定万达广场的很多餐饮店已经客人寥寥，我决定在一家朝鲜连锁馆子汉拿山解决午饭。虽然我只要了一个朝鲜冷面，但汉拿山照足朝鲜馆子的传统，给我上了几碟朝鲜小菜和一个南瓜糊，朝鲜小菜中规中矩，但南瓜糊味道真好。

饭后拖着行李去一家连锁旅馆住下，一觉醒来已经将近晚上八点。我去宾馆隔壁超市买了瓶酸奶和零食对付了一顿，打算明天早上再变本加厉饱餐驴肉火烧。第二天早上起来已经饥肠辘辘，向宾馆前台以及出租司机打听保定的知名火烧店。他们都推荐阎家和永茂。

我先去了阎家。阎家店面陈旧杂乱但生意红火，有一种庶民美食特有的人间烟火气。我要了两个火烧，吃完一个就暗叫不妙，我觉得这里的驴肉火烧最大特点就是分量足，正常饭量的人两个火烧就能吃得很饱。我可能吃得有点匆忙，没有发现这里的驴肉火烧有何特别之处。虽然已经吃饱，但保定人把"驴火"当早餐，而我准备下午赶往河间，所以抱着为美食考察献身的精神，我又打车赶往下一间店永茂。

永茂有两家，我去的那家刚刚装修，生意没有阎家好，但是相对安静，适合不赶时间的人坐下来慢慢品尝。我觉得这里的"驴火"比阎家好，用餐环境显然加分不少。我要了碗紫菜

金色的面馍

夹着

浅色的卤猪肉

或卤牛肉

看着就有食欲

蛋花汤，细嚼慢咽喷香的火烧。

保定和河间没有火车，我只好坐汽车前往。过去河间府算是北方名郡，出过三国曹魏名将张郃、汉武帝钩弋夫人、隋朝名画家展子虔、唐朝著名诗人"五言长城"刘长卿、《四库全书》总纂官铁齿铜牙纪晓岚、北洋军阀冯国璋等名人，现在河间已经沦落为沧州属县。

北方的冬天景色单调，保定河间之间一马平川没什么可看。到了河间后出租司机告诉我，因为养驴成本太高，河间乡下已经很少有人养驴。用来做驴肉火烧的驴肉很多是假的，实际可能是骡肉、马肉甚至猪肉。过几天就看到新闻证实这件事。

我在河间也是吃了两家店的火烧，还在其中一家店要了一份炒驴筋。当时觉得还行，后来听了驴肉造假的传闻，又觉得还是保定的"驴火"更好。其实保定的"驴火"也可能造假。

我弟弟是佛教徒，我也多少受了影响，反对杀生但未能吃素。前几天经过一个烤羊肉摊，维吾尔族摊主为了证明他的羊肉正宗，在羊肉摊旁边拴着一头慈眉善目的绵羊。他以为这样做可以促销，我却因此决定不吃了。孔子说"君子远庖厨"，孟子借梁惠王之口说"吾不忍见其觳觫"，虽然有点虚伪但不忍杀生也是人之常情，不过因此决定吃素的人很少。因为驴肉对肉食者来说，诱惑实在太大了。无间地狱太遥远，而喷香的驴肉就在眼前。

杭州茶馆

一春长费买花钱。日日醉湖边。玉骢惯识西湖路，骄嘶过、沽酒楼前。红杏香中箫鼓，绿杨影里秋千。

暖风十里丽人天。花压鬓云偏。画船载取春归去，余情寄、湖水湖烟。明日重扶残醉，来寻陌上花钿。

——俞国宝《风入松》

杭州茶馆是我去过的最好的休闲场所。

北京的茶馆华而不实，老舍先生笔下那种丰俭由人、三教九流汇聚的茶馆早已销声匿迹。成都的茶馆倒是保持了茶馆的本色，但很难找到清静之地，有的已经无关茶事。

杭州茶馆兼有两地茶馆之长，你付完四五十元的茶钱，上百种瓜果茶点就可以随意品尝。市面上常见的水果、坚果你几乎可以吃遍，更别说天下知名的江浙茶点。这里的水果、干果比我们自己买的还要香甜，因为茶馆可以去水果市场任意挑选。

如果你是我这样的闲人，你可以从早泡到晚，在舒适的藤椅上看书聊天，或者在轻柔的音乐中打盹出神。这里的饭菜同样不另收钱，味道花色超过杭城一般饭店，不过好菜数量有限，你得眼疾手快捷足先登。下午六点之后你如果还不想走，再付大约百分之五十的茶钱，就可以一直待到深夜两点，是为续茶。

杭州茶馆大都在西湖附近，你坐久了可以漫步湖边，回到茶馆只要不超过晚上六点，不用另外再付茶钱。

外地游客到了杭州，往往因饮食不习惯提前打道回府。除了慕楼外楼和奎元馆的虚名到此一游，大多只能对画栋飞檐的江浙菜馆望而却步。他们经过茶馆也不敢进门，以为和其他城市一样，花数百元只能买到清茶一壶，屏风背后还藏着睡眼惺忪的打手。所以杭州茶馆消费的主要是本地人，尽管如此，几家有名的茶馆依然顾客盈门。

很多初来乍到的人想不通杭州茶馆这种蔬果丰富完全自助、几十块钱待上一天的做法怎么能赚钱？这就是浙江人做生意的精明之处，物美价廉，和他们的小商品一样赚了你的钱还让你佩服感叹。我觉得这种经营模式可以向全国推广，彻底挤垮那些价格相近、专卖垃圾食品的洋快餐和见利忘义、不讲卫生的土馆子。事实上几家茶馆已经在这样做，把茶馆开到上海和苏州等地，甚至远至北京、山西。

在杭州我去得最多的茶馆先是曲院风荷附近的门耳，然后是和门耳相距不远的紫艺阁。紫艺阁楼上当时有一家碧水沁云，最符合茶楼的本义，坐在靠窗的位子你就成了陶渊明，饮茶东篱下，悠然见栖霞。老板长得有点像歹徒，但据说原来是名警察，难怪有人说警匪一家。最近则喜欢去茅家埠新开张的乐天阁。

相比之下，我还是喜欢去乐天阁。因为这里离西湖不远却很少游人，窗外即是茶园。附近的双峰村是我见过的最美丽的小山村，那里有中国茶叶博物馆。我对博物馆向来不感兴趣，但双峰村令我流连忘返。我发现双峰村的过程很像武陵人发现桃花源，"缘溪行，忘路之远近。忽逢桃花林，夹岸数百步，中无杂树，芳草鲜美，落英缤纷"。

乐天阁的座位特别宽敞，尤其适合看书写作，我没有写出什么绝妙好文只能怪自己没有才华以及面对美食定力太差，这里供应的个别炒菜如辣炒猪脚不在很多餐饮名店之下，南瓜饼更是好得无以复加。我甚至和茶楼的厨师长成为好朋友，他对我颇为照顾，我也学安东尼·伯尔顿在这里谢谢他。

不幸的是，年前我再去时听到晴天霹雳，因茶楼不如属于同一饮食集团的醉白楼饭店那样迅速盈利，老板已决定关门。在我看来是最好的一家茶馆就这样匆匆来去，果然"商人重利轻别离"。

要领会杭州茶楼的好，绝不能像很多游客逛西湖一样走马观花，走雷峰塔、过苏堤、经岳庙到灵隐一天拿下。你得找一家好茶馆，坐在视野开阔的窗边，偷得浮生半日闲。茶杯多半是玻璃杯，不如紫砂壶本色，却让人感觉春水碧于天，青山落杯前。坐在杭州的茶馆里，你不是在饮茶闲聊，而是在拜访春天。

这里大部分的茶女都来自浙北山区和邻省安徽、江西，纯朴自然，殷勤备至。她们身穿蓝色印花衣裳，和采自月下明前的茶叶一样，别有一种清爽。有人用西子三千来形容千岛湖的秀丽，我觉得同样可以用来形容西湖茶女。

春水碧于天

青山落杯前

湘之驴

天上龙肉，地下驴肉。民间传说爱吃什么下辈子就会变成什么，我变成驴的可能性不小。五代十国前蜀的开国君王王建就是因为想吃驴肉发奋图强，我也需要为这点嗜好多挣些银两。

北京儿童医院附近有家湘菜馆名叫菜香根，他家做得最好的就是驴肉。我很长时间都没记住店名，总觉得应该叫菜根香。有本古书叫《菜根谭》，有个谚语叫"咬得菜根，则百事可做"。事实上真有不少饭馆叫菜根香，最有名的好像是一家老字号淮扬菜馆。

在我的写食文字中经常提到菜香根，它可能是我去过次数最多的餐馆。套用一句流行语，有那么几年每天午餐和晚饭时间，我不是在菜香根，就是在去菜香根的路上。

让人流连的饭馆通常满足这么三个条件：一、饭菜色香味俱全，而且水准比较稳定；二、餐桌餐具洗手间洁净卫生，不一定要过分热情，但没有明显短板；三、离你的住处不远，吃完饭可以散步回营。菜香根不但几个我喜欢吃的荤菜味道纯正，素菜也比较用心。服务员多是湘妹子，穿着碎花裙袄，显得特别纯朴清灵。从我当时的住处真武庙过去，走路也就十来分钟路程。后来我住得远了，虽然也在地铁沿线且不用倒车，还是感觉不便，去的次数大不如前。

菜香根最让我欲罢不能的菜就是湘之驴。菜名应该来自柳宗元的散文《黔之驴》。有些很好吃的菜，做法其实并不复杂。湘之驴就是把七八成熟的新鲜驴肉，和朝天椒、大蒜、姜片混在一起干锅上桌，可能还浇了一点驴骨头炖的高汤。这道菜把天上龙肉、地下驴肉的香和湘菜的辣结合得恰到好处，香得没完没了，辣得不依不饶。不知道是不是受菜香根的启发，北京一些云贵川湘的菜馆类似做法的驴肉多了起来，有的连菜名都照搬。但和菜香根相比，不是驴肉不够新鲜，就是驴肉切得过于细碎、辣椒不辣、高汤变水，总之多少都有遗憾。不过，湘之驴并不是我在菜香根的最爱，我更喜欢同样价钱、配料和做法，不过驴肉换成驴鲜（驴皮、驴筋）的另一道菜。

　　菜香根的零陵血鸭也是我吃过最好的。我发现鸭肉做菜也不宜切得太碎，太碎感觉全是骨头。很多川湘菜馆的血鸭都有这个问题，我爸炒鸭肉也喜欢剁得很碎。不知道是不是心理作用，我觉得切得太碎的鸭肉有一股淡淡的苦味。

　　我还在菜香根吃到过小炒猪脸，香辣筋道，仅就炒猪脸来说，也是平生仅见。猪和驴一样，在民间的形象老实巴交甚至愚蠢，但却成为南北方最常见的牲畜，除了驯良，恐怕就是因为它们的肉香。不过就像我认为驴身上最好吃的是驴鲜，猪身上最好吃的在我看来也不是里脊，而是猪肚、猪蹄和猪脸。前些年北京东三环上有家专营扒猪脸的饭店，声名鹊起，我和几个口有同嗜的老乡特意跑去尝鲜。进去的时候兴高采烈，出门的时候沉默寡言。盛名之下其实难副，我们做了一回猪头。

　　台湾小说家高阳同时也是著名美食家，他认为地方菜开在北京这样的通都大邑，水准往往超过本地，我将信将疑。北京人才荟萃同时也骗子扎堆，很多打着地方特色招牌的菜馆家乡人反而不去，就很说明问题。在北京我进过太多名不副实的馆子，在四川、湖南则很少失望，我坚信最好的湘菜、川菜馆还是在潇湘和天府，最好的厨师没有离开故乡。

　　菜香根我最喜欢的素菜是烧冬瓜和小炒南瓜。一般的饭店这样的菜即使有也做得不好，但菜香根几个用冬瓜做的菜都不错。南瓜也是如此，不但小炒南瓜深得我心，另一道蛋黄南瓜味道也不错。烧冬瓜应该是湖南的特色菜，我在别的地方没见过。我们有个湖南的同学做烧冬瓜也很拿手，吃起来有米粉肉的香糯。

再好吃的饭馆都会吃腻。如果可能，谁都希望去不同的饭馆尝试不同的风味，体会不一样的风土人情。我和几个好吃的同学老乡跑遍北京几乎所有的知名辣菜馆，最后还是回到菜香根。不是我们和菜香根老板有什么交情，实在是其他饭馆的老板太不用心。去年看陈晓卿的博客说翠微路有家名叫翠青的湘菜馆很好，前不久回京的时候念念不忘要去吃一顿，可最终还是因故未能成行。但愿翠青如松柏常青，千万别在我光顾之前关门。

太子湖锦

　　诗仙李白有段时间在武汉和南京之间往还，写过几首和黄鹤楼有关的著名诗篇。他的"黄鹤楼中吹玉笛，江城五月落梅花"写的是最美好的武汉，"故人西辞黄鹤楼，烟花三月下扬州"让很多人把"烟花三月下扬州"列入遗愿清单。

　　江城武汉人称九省通衢。我前几次经过武汉，有时是穿城而过，有时是和友人小聚，只有最近一次一住四天，分别住了四家宾馆，而这些宾馆恰巧和武汉最有名的食街食肆吉庆街、户部巷以及太子酒轩、湖锦饭店毗邻，因此对江城的食事略有知闻。

武汉三镇过去给我印象最深的是它的城市规模和高层建筑。在中国的几个特大城市中，我感觉武汉比北京还要庞大。一个外地游客到了北京，活动范围不外乎故宫、天安门、王府井、颐和园和长城，前三个地方之间步行即可通达，只有颐和园和长城稍远。武汉是三个中型城市组成的特大城市，仅仅为了换乘火车你就可能要过江到另一个城市。武汉的出租车起步价很低，开始上车的时候你往往暗自得意，但看着计价器飞速变幻的数字，你就会企图跳车逃逸。

自楚襄王和巫山神女朝云暮雨开始，楚地就以浪漫豪奢名世，今天的湖北遗风犹存，不但中国最多最漂亮的高层建筑在武汉，世界上最气派的县、市政府办公大楼也矗立在武汉周围的群山。相同星级的酒店，武汉要比其他地方宽敞豪华。其他地方的餐馆多是租用店面，武汉的名餐馆却时兴自己买地兴建。武汉除了黄鹤楼和东湖之外没有什么名胜，但武汉的宾馆饭店几乎没有淡旺季之分。

户部巷名声很大，其实只是一条丁字形的小巷。小吃种类不少，但没有什么特点值得一提。这也是我对国内很多小吃街的总体记忆。各地驰名的小吃街、小吃节，摊位费肯定不便宜，招投标的时候还得适应中国特色走后门送礼，有些小吃品牌成名已久或认为得不偿失，就不愿来为搭台的官员唱戏。所以小吃街上出现的所谓名吃，常让我们觉得不过如此。户部巷一小碗豆腐脑要两块钱，里面放的香菜老得像树枝。孝感米酒是湖北本地特产，这里卖的米酒会让你彻底否定传统工艺。最让人不舒服的是，有些摊主白衣服上斑斑污迹，旁若无人地展示自己的卫生恶习。

晚上我坐出租车去吉庆街。年轻的司机告诉我本地人已经很少去那里了。到那一看，环境和户部巷差不多，每家门口都摆了尽可能多的桌椅，所以感觉并不比户部巷宽敞。这里主要卖夜宵，据说七八点钟才开始热闹。我一看时间还早，就决定先去江边几个当地人一致推荐的饭馆看看。

我先到了太子酒家。这家饭店的全称是"亢龙太子酒轩"，店主可能是武侠小说迷。因为除了研究易经的专家学者，大多数人知道"亢龙"都是因为《射雕英雄传》"降龙十八掌"之一的"亢龙有悔"。太子酒家外观像一幢现代化的教学楼，门口竟然同时站着两个穿着白色婚纱的新娘子。开始我以为自己运气不好，后来听说江边这家总店几乎天天如此。我冒出了混一顿吃喝的念头，随即想起楚人自古"轻剽"，武汉的匪徒连警备司令部门岗的枪都敢抢，不能为一顿饭把命搭上。我估计一时三刻找不到座位，亢龙有悔，只好去找邻近的湖锦饭店。

湖锦饭店位于相距不远的一条横街上。在我打听过的大多数武汉人眼里，这里好像名号不如太子酒家响亮，果然一进去就有座位。坐定后发现，这里也在举行婚礼。

我点了一个小炒猪脚皮，一个财鱼冻，一个金针菇凉拌画眉豆，一个沔阳三蒸里的蒸芋头，还要了两小盅鸡汤。随后发现只有小炒猪脚皮点对了。套用周星驰《食神》的话说，蒸芋头颜色像染了胭脂，蒸的时间过长，完全闻不到芋香，失败；金针菇凉拌画眉豆没加辣油，淡而无味，失败；鱼冻好像果冻，果冻还有甜味，这里的鱼冻连鲜味也没有，失败；鸡汤毫无特点，鸡肉很柴，失败，最离谱的是我竟鬼使神差要了两份，失败中的失败。

但是小炒猪脚皮确实做得不错，我把财鱼冻醮上炒猪脚皮的辣汤，连鱼冻也变得好吃起来。我这人有个羞于启齿的嗜好，特别喜欢吃猪头肉、牛筋、猪蹄和肥肠等难登大雅之堂的食物。牛脚皮、猪脚皮也属此列。在很多人眼里，这种嗜好和喜欢吃牛鞭、羊鞭一样另类。志士不饮盗泉之水，君子不吃猪脚之皮。

次日中午离开武汉前，心里仍以没有见到太子殿下为憾。在预订火车票时和饭店几位热情的女职员闲聊，得知我住的酒店附近有一家太子酒家的分店。我对分店能否保持总店的水平表示怀疑，并以北京的菜香根酒楼为例，但她们和我信誓旦旦。我被说得心动，决定买稍晚一些的车票。顺便说一句，都说武汉女子漂亮而难相处，尤其说话"呕哑啁哳难为听"，我完全没有这种感觉，漂亮倒是名不虚传。

太子酒店的门童很热情，帮我把行李提上三楼，当我吃完饭下来的时候，这个礼遇就被取消了。上楼的台阶很陡，陡到由下而上的女士如果穿着低领，就会让下楼的男子"满眼风光多闪灼，看山恰似走来迎"。我相信必有登徒子故意上三楼去用餐，为饱眼福不辞苦辛。

打开太子酒店的菜单，第一感觉是很为难。我到武汉当然是想吃湖北菜，但这里的风格更像广东菜，鱼翅、鲍鱼之类的菜式占据主导地位。我厚着脸皮点了小炒牛肉、珍珠丸子、牛筋冻和豆豉鲮鱼莜麦菜，还要了一瓶广告做得很勤的雪花啤酒。在等菜的过程中，店方送了一小盘西瓜、两小碟腌萝卜和豆腐干，可以看出饭店在经营管理方面下了功夫。菜上来之后，感觉豆豉鲮鱼不够香，但莜麦菜火候恰到好处；牛肉炒得远不如我在家乡中学教书时的食堂大师傅，部分原因也许是牛肉今不如故；珍珠丸子还不错，但肯定不是太子家宴的水准；牛筋冻使我加深了湖北菜馆凉菜可以不点的成见。总的来说，太子酒家给我的第一印象反而不如湖锦，不知何以负此盛名。

湘菜、鄂菜和川菜一脉相承，我认为他们的长处是做家畜家禽、江鱼湖鲜，也就是民间常见的荤腥，不必去和粤菜在山珍海味上争一日之短长。他们不是不可以阳春白雪，不是不可以生猛豪放，只是如李清照批评苏东坡以文为词，不是本色当行。

小饕见了老饕

　　香港四大才子之一蔡澜的多才连金庸都很佩服。他通晓多国语言，曾在东京、纽约、巴黎、巴塞罗那等国际大都市居住，是风靡全球的日本富士电视台《料理铁人》的评委，成龙电影《龙兄虎弟》《福星高照》《城市猎人》《重案组》的监制。最近在著名作家、旅行家、美食家和电影人之外又多了两个头衔，美食导游和餐厅监制。

　　蔡澜说自己是"菜篮"，名字取得好，所以有好吃命。

　　蔡澜对玩概念的私房菜没有好感，我也是。蔡澜不喜欢工夫茶美其名曰茶道的繁复，我在茶馆也对那一托盘零碎玩意儿望而生畏。蔡澜主张新茶和旧茶混在一起泡，取新茶味、旧茶色，就像百感交集的人生况味。很新奇，我要试试。

蔡澜喝酒就吃点小菜，我喝酒纯为吃菜。

他认为最好的乌鱼子在希腊，其次是日本、澳洲、土耳其和中国台湾、香港地区。最好的蒸饺在河南郑州"京都老蔡记"。最好的矿泉水是崂山或依云。最好的龟苓膏在香港的恭和堂。最好的腊味出自澳门镛记。最好的烤鸭在香港的"鹿鸣春"。最好的米粉和贡丸都在台湾新竹，我们常见的里面有香菇丁的是冒牌货。牛身上最好的部位是封门腱，他没有详细解释，我想应该是指牛的后臀肉。最好的羊肉在羊腰附近。最好的猪肉是肚子上那块可以用来做东坡肉的五花肉，而不是里脊。

蔡澜不喜欢果冻，连带不喜欢魔芋以及制作魔芋的地下根茎。我不敢苟同。我喜欢果冻，也爱吃魔芋。做魔芋的地下根茎在我老家可是顶级食材，用来炒肉、焖糯米饭和做芋丸子都很好。芋香远胜普通芋头。蔡澜大概没有吃过，这是我唯一可以自矜的地方。

蔡澜反感美式快餐店，我也比较讨厌。人人都知道美国人在向我们倾销垃圾食品，可在中国吃这些快餐竟然成了一种时尚。不仅青年男女乐此不疲，很多年轻的妈妈也带着孩子往店里挤。全世界的快餐店都在收缩倒闭，只有中国独秀一枝。如果有媒体质疑这里卖的某种食品是否健康，立刻就有恬不知耻的专家出来为快餐店打气，声称人可以适量地吃些垃圾。

蔡澜反对素菜荤做，即把素菜做得味形如同鱼肉。我也觉得这样做很可笑。

拿尾活鱼剖开洗净，把咸鱼片放进去蒸，蔡澜取名叫"生死恋"。

他不知道海南鸡饭由谁发明，其实海南人自古就有鸡肉和饭一起做的传统。

蔡澜提到北京菜的代表，小吃有地坛附近的坛根院和京华食苑，涮羊肉数满福楼。我在北京混了十年，自以为吃遍京城，竟然一无所知，惭愧无地。

蔡澜不吃狗肉、猫肉和猴子肉，理由是它们有灵性。不吃后两种肉我赞同，猴子是人类的近亲，猫据说是外星人，但狗肉我实在难以割舍。蔡澜也吃过狗肉，也觉得很香，一边吃一边开解自己：这只"菜狗"不会看门，也不会递报纸，与其说它是狗，不如说它是猪。哈哈，如果这样管用，还有什么不能吃？

最有意思的是，蔡澜风流倜傥，多次被女人骂"狼心狗肺"，他竟因此对狗肺产生兴趣，觉得既然被骂，不可不知道狗肺为何物，所以特意在广州街头吃过一次，结论是狗肺果然不是什么好东西。

蔡澜和我一样喜欢吃蘑菇，他的结论是，泰国清迈的一种小蘑菇表皮爽脆，咬破之后香膏四溢，比名闻天下的法国松露和日本松茸都好吃。有机会一定要去亲口尝试。

　　蔡澜一生印象最深刻的盛宴在越南战争结束前，宴请他的是一位西贡商人。枪炮声中商人把他请到一个地下室，里面摆满天下最好的鱼子酱和香槟，众多长发美女裸身侍应。最是仓皇辞庙日，教坊犹唱别离歌，那种醉里贪欢、浮生若梦的感觉至今让他难以忘怀。

煲仔饭

煲仔饭特别适合我这种喜欢独自远行，经常找不到伙伴的人。煲仔饭价位多在人民币十五到三十之间。这点钱现在用来下馆子炒菜远远不够，但吃煲仔饭却不觉得寒酸。

几天前有个好朋友从加拿大回国，希望在广州见一面。我因此十年之内再游广州。那天中午和朋友告别后直奔火车站，买好票一看离开车还有几个小时，独自来到北京路步行街闲逛，在陶陶居专卖店买凤梨酥的时候听从店里做导购的川妹子推荐，在隔壁吃了一份煲仔饭。这份排骨煲仔饭有滋有味，相对二十块的价钱堪称价廉物美。

我吃煲仔饭的次数并不多，但是却对煲仔饭留下深刻印象。煲仔饭不容易做好，但做得好的煲仔饭回味悠长。我觉得最好的煲仔饭应该是荤素搭配得恰到好处，素菜颜色鲜艳，荤菜不柴不老。如果是排骨，成熟度最好接近脱骨。菜香深入米饭内部，连锅巴都被浸透。

我最喜欢的煲仔饭是牛腩饭和排骨饭，可惜很多饭馆的牛腩实际是牛杂碎，而牛杂碎更适宜做牛杂面。牛腩、排骨适宜搭配胡萝卜和土豆等根茎类蔬菜，叶子菜放在煲仔饭上显得凌乱。不过很多做煲仔饭的店家都喜欢放叶子菜，因为做起来相对简单。

广式煲仔饭的师傅会在砂锅底下抹上一层油，浸泡好的大米也加一点色拉油搅拌。大火煮开后再转小火，焖煮到八成熟。此时可以把事先备好的半熟荤菜码上去，盖上带气孔的盖子焖上十几分钟后再放素菜。出锅前添加辣椒丝和葱段，淋上一点香油或耗油，一锅色香味俱全的煲仔饭就宣告完成。具体的时间和火候全凭经验，多做几次熟能生巧，不必拘泥于菜谱食单。

前段时间寄住京城一隅朋友家里，朋友很少在家，偶尔在家也不愿做饭，所以厨房连必要的厨具都没有，只有一个电饭煲可以正常使用。我被迫天天吃"煲仔饭"，意外发现煲仔饭做起来并不难。煲仔饭的本质就是把饭菜放在一起蒸，让菜香和饭香互相发明。我觉得做煲仔饭和炒粉有相似之处，最适合打发独处的孤单无聊，尤其适合处理前一顿的剩菜，往往可以不再放油。

广式煲仔饭已经有专门设计的瓦煲，其实不必这么讲究，普通的电饭煲也完全可以把煲仔饭做好。我通常先蒸饭，在米饭已经脱生的时候把一些预先泡好的粉丝、包心鱼丸和新鲜蔬菜铺在饭面上，然后把前一天晚上从饭馆打包回来的剩菜放在最上面，合上电饭锅再蒸。在电饭锅的饭熟键跳起后再焖一会儿，味道一般都不错，有时甚至感觉比前一天下馆子还好。

我对广州、深圳这种大城市爱恨交织，爱的是它们遍地都是的好馆子，恨的是复杂的交通和混浊的空气。中小城市的饮食往往比较单调，因为缺少竞争对手老板容易得意忘形，连炒粉和煲仔饭都做不好。在我老家赣州，我亲眼看见一家煲仔饭连锁饭店偷工减料，它们先用大电饭煲把饭蒸熟，然后分别装进小钵用饭勺压平，最后把预先炒好的菜码在上面。这根本就是最普通的盒饭。

对那些用心经营的饭馆，我真诚祝愿老板生意兴隆，分店如雨后春笋般盛开，但对这种偷工减料的饭馆，我衷心希望老板血本无归，终生不敢再做餐饮。

陈妮子的土菜馆

我在赣州去得最多的还是宁都菜馆，毕竟那是家乡的味道。

过去常去的是财记、金饭碗和老邱酒家，现在常去的是陈妮子、宁都味道和厨当家。

财记全盛时有多家分店，我常去的是南河路那家总店。财记装修得比一般宁都土菜馆豪华，我们宁都人请客都愿意来这里，几个常见的家乡菜如宁都肉丸、大块鱼、蒸松丸和辣椒拌空心菜也中规中矩。财记老板十几年前就身家千万，可是因为好赌以及挥金如土，现在已被打回原形。据说过去他去歌厅唱歌动辄请八个歌女陪唱，很享受"待到山花烂漫时，他在丛中笑",一个晚上消费上万很平常,现在落魄到因为几千块钱被债主逼得走投无路,而追债的人正是当年陪他唱歌的那些酒肉朋友。

金饭碗就在我赣州住处旁边,老板曾是一家三星级酒店的主厨。第一次去的时候让我惊艳,窗明几净,服务周到,饭菜可口,价格公道。可是老板很快得意忘形,把厨房交给徒弟,自己逍遥。他的徒弟经过不懈努力,终于让金饭碗关门大吉。有一年我和弟弟全家在这里吃年夜饭,既昂贵又平淡,影响我整年的心情。第二年年关在饭店门口遇见老板,他听了听我的抱怨后,信誓旦旦让我今年再来,他将亲自为我掌勺。结果大年三十那天晚上,我根本没看见老板人影,而且他的年夜饭保持过去的水准,依然那么难以下咽。我不怪老板食言,只恨自己善良轻信。

老邱酒家让我领悟到饭馆留住好厨师的重要性。我的一个亲戚住在酒家附近,有一天他们全家请我去这里吃饭。这里的厨师喜欢用酸萝卜炒菜,而我也好这一口,印象最深的是酸萝卜炒猪肚和酸萝卜炒肥肠,口感脆爽,水平远在我吃过的大多数饭馆之上,不但碾压赣州数百家宁都菜馆,就算和李白老家江油那些专业肥肠馆子相比也不遑多让。第二年正月十五前后,恰逢叔叔去外地探望女儿从赣州经过,我们一家人带着叔叔兴冲冲去了。去之前我在叔叔面前夸下海口,结果大失所望,那菜做得不如普通家庭主妇。当时店家的解释是厨师回家过年还没回来，我将信将疑，不久之后又请亲友去了一趟，依然令人失望。菜的味道如此大起大落，显然原来的厨师已被别人挖走。

以上三家曾经红火的饭馆都已经关门，正当我对宁都菜馆深感失望，甚至考虑离开赣州的时候，有段时间连续几次听不同的老乡提起陈妮子，都抱怨那里生意太好很难订座。我下决心要去一探究竟，刚好有个做牛奶生意的初中同学知道那里，于是约个时间我们就去了。当时这家店还在赣州火车站前面的大街上，取了个很俗的店名——绝味虾霸，旁边有行小字"陈妮子"。陈妮子是老板的小名，她原来在宁都县城开餐馆，店名就叫陈妮子餐馆，我的很多亲友都去那家店吃过饭。妮子是我们家乡对年轻姑娘的称呼，可见当初她开店的时候还很年轻。可能是因为生意很好心情不错，她现在看起来也比实际年龄小。

陈妮子在宁都那家店生意兴隆，不过绝味虾霸生意更好。我们运气还不错，没有预订就找到了前一拨客人刚空出来的桌子。后来食客越来越多，很多人都只能排队等候。一般的餐馆中午生意相对清淡，这里中午就足以让大多数饭馆羡慕嫉妒。陈妮子可能是我去过的生意最红火的餐馆，我亲眼看见两拨食客为了抢座大打出手。

绝味虾霸生意红火但用餐体验不是很好，大堂里餐桌挨得太近，同桌吃饭的朋友之间说话都听不清楚，你饭还没吃完已经有人站在你身后虎视眈眈。有时饭后你还想和朋友再聊几句，饭馆的服务员直接请你让座。最近因为生意太好，已经搬迁到另一个空间更宽敞、装修更豪华的地方。

陈妮子有个招徕食客的招数现在很多宁都餐馆都在学，就是给每桌客人预备了一碟裹薯粉油炸的花生米和用腐乳浸泡的萝卜干，煮得很酽稠的白米粥更是敞开供应，这样客人等候伙伴或等候上菜的时候就不至于无事可做、心急火燎。赣州有些早餐店一碗白米粥就要两块钱，陈妮子这几样东西却只是象征性地收点钱。其实我第一次去陈妮子对他们炒的菜感觉一般，但这份餐前稀饭以及辛辣的萝卜干反而让我上了瘾，不久之后又屁颠屁颠上门。

我经常吃陈妮子的小炒牛肉、小炒鱼、鱼头粉条和蒸松丸。除了蒸松丸是地道宁都菜，其他都是到处都有的家常菜。他们家的小炒牛肉不但分量多而且辛辣鲜香，特别下饭，让人欲罢不能。一般宁都菜馆的主打鱼菜是宁都大块鱼，宁都城郊甚至有家店以大块鱼出名，连邻县的食客都慕名前去赏光。不过我对大块鱼没有感觉，更喜欢吃陈妮子的小炒鱼。他家小炒鱼的做法和小炒牛肉相近，都是裹薯粉略炸一下，去腥的同时保持鱼肉的鲜甜和水分。做这种菜火候把握非常关键，没有经验的厨师很难蒙混过关。

鱼头粉条的粉条吸收了鱼头的鲜甜，口感特别香糯。蒸松丸的"松"是松软的松,这是相对肉丸的紧实来说的。蒸松丸是我去宁都菜馆的保留节目,几乎每去必点,远远超过有些吃腻的宁都肉丸。蒸松丸的主要成分是红薯粉、猪肉糜和萝卜丝。他们家的蒸松丸其实水准一般。做得好的蒸松丸蘸上用酱油、辣椒酱和蒜头等制作的调味料,味道和苏帮菜的狮子头很像。因为没有油炸的程序,所以比狮子头清爽。

多去几次之后,老板陈妮子会和熟客打招呼。我最佩服陈妮子的管理才能,她手下有一支比较稳定的厨师团队,每个菜都做得比普通餐馆好并且水平稳定。大多数餐馆的致命缺点正是留不住好厨师。我的一些做生意的朋友估算,陈妮子一年的纯收入超过五百万。作为一个读书不多的农村姑娘,这应该算是一个了不起的成就。而且做餐饮还有一个好处,成功的餐饮企业在食客心目中地位崇高。对饭馆老板来说,客人酒足饭饱之后心满意足的表情有时比赚钱更重要。

陈妮子两千平方米的新店开设在赣州市人民医院新院附近,另一家我常去的家乡菜馆宁都味道也在离人民医院新院更近的江边。这里最吸引我的是生炒牛肉、勺子糕和薯包鱼。勺子糕是我们童年吃得最多的小吃之一。宁都味道专门请了一个大姐做勺子糕和薯包鱼,无论外形还是味道都远远胜过童年小吃。有些美食家会美化过去吃过的食物,好像过去的食物都比现在的好吃精致。其实我们小时候百业凋零,街头摆摊的都是一些普通主妇，不像现在吃货众多、做餐饮很赚钱，有眼光的饭馆老板不惜重金找人挖人。北方著名餐饮集团西贝莜面重金聘请《舌尖上的中国》采访过的那个做黄米馍馍的陕北大叔，上次我在北京王府井其中一家分店吃过，虽然这玩意儿在陕北当地可能平淡无奇，价钱也很便宜，但西贝莜面五块钱一个的黄馍馍绝对让你觉得物超所值。据说当西贝莜面的老总提出月薪三万请大叔夫妻出山的时候，以为遇上骗子的大叔及其家人差点报警抓人。

最近比较有口福，我那做牛奶生意的同学又发现了一家宁都菜馆。这家店取名厨当家，店名平凡如绝味虾霸，他们的菜却和绝味虾霸一样好。第一次去，他们的卤牛肉就让我心服口服，和一般饭馆的卤牛肉完全不一样，有一种很特殊的似乎加了甘草的味道。后来有个也做过老师的同乡请客，因为我有好吃之名，他请我帮忙点菜。那天大概点了八九个菜，除了最后上的木耳炒西蓝花，其他大家都很满意。我最喜欢的是他们的米粉肉，五花肉切得很薄，排列整齐如客家菜的梅菜扣肉，多吃几块也不觉得油腻。就连宁都菜常见的青菜芋子糊，他们也明显比其他店高出一筹，不过这个可能和他们挑选的芋头有关。精挑细选的食材也是一个好饭馆的必备条件。

我的大部分同学都不在赣州，有时候想找个合适的伙伴一起吃饭都不好找。赣州的餐饮业普遍水平不高，除了火锅店有一两家还行，外来菜馆几乎没有一家正宗地道。所以我特别感谢陈妮子等宁都菜馆的老板，让我经常能吃到家乡的味道。古人说："民以食为天。"俗话说："人生在世，吃穿二事。"我衷心感谢所有好饭馆，所有好厨师，你们不发财没有天理。

给我一碗好汤

　　我们赣南和粤北接壤，广东人擅长煲汤，他们的阿二靓汤天下知名，我们赣南普通人家却没有喝汤的习惯。

　　没有喝汤的习惯，并不表示我们不喝汤。小时候我要是吃多了炒货或油炸食品上火，外婆就会用几两瘦肉炖汤给我清火。效果还真不错。这个秘方我使用了很多年，最近开始失效。可能是随着年龄增长抵抗力下降，或者这些年眼红别人升官发财，心中的无名火烧得太旺。

　　我们家乡还有一个清火的秘方是冰糖蒸蛋，应该也属于煲汤的范围。这里说的蒸蛋不是指蒸蛋羹，而是蒸完整的鸡蛋，鸡蛋去壳但不打散。这也是当年我们农村招待贵客的一个点心。我考上师范后去小姑姑家做客，有个和她同村的远房亲戚就送来一碗冰糖蒸蛋，好像一个海碗里至少有八个鸡蛋。我一口气吃完才想起这有点失礼，问姑姑怎么办。姑姑笑着说没关系。按照我们那的习俗，吃冰糖蒸蛋必须要剩下一两个，表示自己已经饱足，而不是全部吃完反衬主人给得太少。

著名的阿二靓汤出自香港。香港是个不伦不类的城市，一边是世界上最开放、最现代的金融商业中心，一边又允许一夫多妻[1]。阿二靓汤就是一夫多妻的产物。传说二十世纪四十年代有个香港老板娶了两个老婆，阿二也就是小老婆为了争宠，天天精心煲汤取悦老公。香港老板去世以后，忍耐已久的大老婆把小老婆赶出家门。小老婆没有其他专长，只好开一家小店煲汤为生，没想到很快生意兴隆。阿二靓汤随即驰名全港，很多达官贵人、明星名人都来捧场。首先在香港开设多家分店，后来又进入大陆沿海市场。

我喝过几次阿二靓汤，说实话没找到感觉，这也是我在饭馆很少要汤的原因。我感觉饭馆里的汤都过于鲜甜，无法分辨是味精水还是真正的靓汤。有些人声称只要放了味精就能分辨，我没有这种火眼金睛。

在我赣州住家附近，有两家相邻的餐馆太子楼和锦华轩，

[1] 编者按：香港于1971年废止一夫多妻制。

它们都卖莲子排骨汤，价钱也一模一样。太子楼的莲子排骨竹荪汤都是选用的肋排，而锦华轩用的全是那种骨多肉少的脊椎，单看材料就高下立判。太子楼的莲子基本保持原形，锦华轩的莲子通常都已糜烂。太子楼的竹荪放得比较多，锦华轩想找竹荪必须借助显微镜。我以为锦华轩很快就会关门，奇怪的是他们已经开了好几年，可见很多食客完全不用心分辨，或者像我一样被这个很文雅的店名欺骗。

去年在赣州火车站附近一家宁都菜馆喝到鸭心汤，回去之后立刻模仿。街上有那种卖收拾好的鸡鸭的摊档，十个鸭心五块钱，每个鸭心切成两半或四块，洗净血块，这就可以直接炖汤了。我通常用一个不锈钢汤盆放进锅里隔水蒸，大概二十分钟，看见汤水清澈就好了。鸭心汤做法简单，想要失手都难。很多饭店的汤一无是处，可见他们的厨子滥竽充数。

这种汤凉了之后稍有腥味，饭馆一般加放几片姜。如果觉得只放鸭心单调，还可以放一些瘦肉同煮。鸭心比瘦肉耐煮，所以瘦肉最好切成比较厚的肉块，这样汤炖好后瘦肉不柴。喝完汤后剩下的瘦肉和鸭心加上辣椒、大蒜一炒，正好有梁山好汉大碗喝酒、大块吃肉的痛快。

夏天来了，一杯冰啤可以让人神清气爽。同样的，一碗好汤可以让人身心舒畅。

故乡的小吃

我小时候经历过饥饿的年代，那年头粮食就是最好的礼物。我家有个女亲戚在河北石家庄工作，回江西老家探亲的时候大家送给她的就是两袋加一起八十多斤的大米。由于她力气有限，还得派人帮她从赣南送到赣北的鹰潭火车站。

小吃的兴盛和五谷丰登有关，当最起码的温饱都不能满足的时候，很少有人还有做小吃的心情。四川小吃天下知名，因为成都平原自古以来就是"天府之国"，只要不发生严重的天灾人祸，那里的百姓一直比较富足。过去有的朝代不准民间酿酒也和缺粮有关，因为酿酒需要耗费大量的粮食。

我小的时候，我们镇上只有人民公社食堂的小吃部卖馒头、包子和油饼。那时候农民手里一年到头也没几个现钱，所以很多小伙伴只能站在食堂外面干瞪眼。我是他们羡慕的对象，因为我爷爷是食堂的经理。爷爷解放前是土改工作队长，解放初做过乡长，由于没有文化逐渐降职，最后发配去了公社食堂。不过现在回想起来，我怀疑爷爷去做食堂经理不是因为没有文化，而是看上那里的小吃主动要求降职。我爸有八个兄弟姐妹，爷爷不得不想尽一切办法接近粮食。

那时候的干部普遍清廉，爷爷当然不敢把大米和面粉往家里搬。但是近水楼台先得月，家人多少还是可以沾光，至少我就曾经多次吃过爷爷带的油饼。

当时公社有两个相距十里的墟集，公社食堂因此也有两个，爷爷必须两头轮流值班。我三岁开始就赖在外婆的小山村不肯回家，因为那个小山村简直就是世外桃源，远比我出生的小镇美丽富饶。"绿树村边合，青山郭外斜"，上学后我发现孟浩然的诗写的好像就是小山村的景色。巧合的是，这个小山村就在公社的两个墟集正中间，去两边赶墟都是五华里，所以隔三岔五爷爷就要经过小山村。

每到那一天我就守在晒谷坪上，翘首企盼爷爷清瘦的身影在村口那边出现。我祖母也是从这个山村出嫁的，所以整个村子都是爷爷的亲友。爷爷有时会留下来吃午饭，有时和亲友闲聊几句就翻过山头回家。在我六岁的时候，喜欢抽烟的爷爷因为肺结核去世。后来读到苏东坡写他和弟弟苏辙在郑州西门分别的诗"登高回首坡陇隔，惟见乌帽出复没"，想起当年有些谢顶的爷爷就是戴着一顶乌帽在山间坡陇时隐时现，不禁悲从中来，无言感怀。

我们这里的油饼是一种糯米做的油炸点心，可能还混杂了一些面粉，口感有点像年糕。包子、馒头必须趁热吃，油饼却是凉下来更好。油炸的东西吃凉的不容易上火，这也是爷爷总给我带油饼的原因。

当年只有吃商品粮的人才能买到面粉、面条，我记得特别清楚，我有个远房亲戚讨好一个供销社的售货员，目的之一就是年底的时候可以通过这个售货员买到几斤面条，以此向村邻夸耀。很多上了年纪的农家子弟喜欢回首往事，认为几十年前农民和工人地位很高，却忘了自己小时候都没吃过面条。我至今想不通某些肉食者为何如此凉薄，整天把人民挂在嘴里，却连父老乡亲吃面条的资格都要取消。

我们家沾爷爷的光，本来全家都吃商品粮，可是那年头吃商品粮就不能在农村分到田地，而仅凭爷爷那点工资，根本不可能养活一家老小，于是爷爷奶奶商量后，放弃了奶奶和全部子女的城镇户口。购买面条、面粉除了票证，多少还需要花点钱，爷爷那点工资要负担全家的柴米油盐，当然没钱给我们买包子、馒头，更没有钱买面粉、面条回家自己做面食，所以我小时候包子、馒头吃得很少。

大伯和我爸爸相继结婚以后，很快就有了我们这些嗷嗷待哺的下一代，开始几年没分家，所以爷爷的手头更紧了。物以稀为贵，我特别喜欢包子咬开之后肉馅散发的鲜香。直到现在我依然是个包子控，看见外观不错或口碑很好的包子一定要尝一尝。

除了包子、馒头和油饼，街上常见的小吃还有勺子糕、芋丸子、米糖和冰粉。这些东西都要花钱买，爷爷奶奶没有钱，我和几个弟弟就盯上了外公的腰包。

外公虽然生活在农村，却不是标准意义的农民，喜欢"投机倒把"，就是做点副业赚钱，所以经常被公社请去开会"割资本主义尾巴"。我小时候他主要养鸭，每年都养数百只湖鸭和番鸭，也养过少量的鹅。放学后或节假日我经常拿着一头有小铁铲的长木杆帮忙赶鸭。小铁铲可以铲起泥沙远程打击不守规矩的调皮鸭子。母鸭下了蛋外公还自己用竹篓棉纸孵化。这些蛋要经常翻动以使它们受热均匀，这种活我也能干。

农村房屋都是石头和土砖砌的，年深日久就会形成孔穴，老鼠和蛇都会在洞穴里安家。这种家蛇传说是去世的祖先变的，所以通常不能捕杀。蛇和老鼠都特别喜欢偷吃刚孵出来无力反抗的小鸭仔。有一天晚饭后仗着人小视力好，我没拿灯火直接去孵鸭仔的房间翻动竹篓棉纸里的鸭蛋，摸到一个冰凉的棍状物体，吓得我大叫"有蛇！"大人们立刻拿灯火赶到。那条祖先变成的家蛇足有一米多长，它没想到子孙们如此不孝，吃几个小鸭仔都计较，正慢悠悠地爬回墙根下的洞窟。外公用一根扁担把它半截身体死死抵在洞口，随后折腾半天倒拽出来，送给村里几个什么都敢吃的闲汉做下酒菜。

外公几乎每逢赶集都要上街，和一帮老伙计一起喝酒吹牛。我们几兄弟看见外公之后也不好意思开口要钱，就是站在他身边不走。外公无奈只好每人给一角两角纸币，如果恰好家里的鸭仔卖了个好价钱，偶尔也会给一块钱，当时在我们孩子眼里这可是一笔巨款。那时候一个包子才几分钱，很多小伙伴盼了一年的压岁钱也不过五角钱。我们拿到钱立刻作鸟兽散，赶紧去找卖勺子糕、芋丸子和冰粉的小摊。

制作勺子糕的原料主要是米浆和葱花，讲究的还会掺磨碎的黄豆。这些原料加上盐和味精调配好后，装在平底小勺里油炸。我记得当年我们吃的勺子糕都是单层实心的，可是我最近在赣州一家饭馆吃到双层中空的，明显比小时候那些勺子糕卖相更好，不知是掺了面粉还是有其他诀窍。我觉得通常蒸制的食物才叫糕，所以勺子糕更准确的叫法应该是勺子饼。

勺子糕又名灯盏糕，大小也确实和过去那种老式煤油灯的底座差不多。灯盏糕据说也是温州的十大小吃之一，不过他们做的是我们赣南灯盏糕的豪华版，除了黄豆、米浆、面粉，还混杂猪腿肉和白萝卜丝等馅料。过去温州人比我们赣南人还穷，这应该是他们发家致富以后的改良版。我在温州平阳吃过一次，我记得好像叫萝卜糕，里面放了很多萝卜丝，确实比什么都不放的好吃。

去年夏天我们宁都师范同学聚会，去的地方是宁都新开发的休闲小镇小布。那里一家早餐店的勺子糕和芋丸子都很好，我们很多在外地工作的同学吃不了兜着走。

芋丸子又名芋子丸，主要原料依然是米浆、葱花，但加了熟芋头捣成的芋泥。最好吃的芋丸子和邻乡的团结水库有关。团结水库是我们宁都最大的水库，每年冬天农闲的时候村里的青壮年都要去"修水库"，就是做些修整堤坝、清除淤泥的工作。这是义务劳动，没有工钱但管伙食。到了这趟集体劳务结束的那天，生产队长就会允许大家把剩余的大米磨成米浆和芋头、葱花混在一起炸芋丸子。每次都会故意做很多，以便让大家吃不完带回家让家人也尝尝。

那年头食用油比较珍贵，农村很少有人舍得用油去炸食物。芋丸子有个特点，当场热吃不如冷却之后在饭面上蒸一下更有味道。隔夜冷却再蒸后，芋丸子表面会形成一个硬壳，神似冰激凌的蛋筒但口感更好。外公没有儿子，所以通常代表全家去修水库的都是小姨。那些天我最关心的就是小姨他们什么时候回村，真的是望眼欲穿。

米糖就是麦芽糖。我们赣南主食是稻米，小时候没听说有人种麦子，但麦芽糖从记事起就有。一个乡镇往往只有一两个师傅擅长制作麦芽糖。通常卖的都是那种不透明的，偶尔也可以看到透明如琥珀的麦芽糖。做麦芽糖的师傅上街时随身带着一把小铁锤和一支袖珍钢钎，用这两件工具切割坚硬的麦芽糖。每到赶墟的日子，我们这些细伢子因为个矮看不到师傅人在哪里，但是可以循着小铁锤敲击铁钎子的清脆声音找过去。在我们做梦都能梦到零食的童年里，这种声音和卖姜汁糖的拨浪鼓声就是世间最美的音乐。

麦芽糖通常都比较坚硬，必须放在嘴里慢慢咀嚼才会软下去，而且特别粘牙，所以吃起来非常费劲，有时一块麦芽糖吃完，腮帮子能酸痛好几天。我在家乡中学教书的时候，有一天灵机一动，把麦芽糖放进刚刚炸好的勺子糕里。麦芽糖在勺子糕余温的作用下迅速变软，吃起来毫不费劲，而且勺子糕的香和麦芽糖的甜水乳交融、互相发明。现在这种吃法已经在我们老家成为主流，每个炸勺子糕的小吃摊旁都有一个卖米糖的搭档。过年的时候尤其热闹，排队等着吃勺子糕包米糖的人很多，经常要等上老半天。可惜当年我没有申请专利，现在大家都不相信我是第一个这么吃的人。

冰粉前面有专题文章，这里略过不提。最近看一部和水果有关的纪录片，发现我们那的冰粉和台湾的爱玉冰外观做法极为相似，原料都是来自山间野果的天然果胶。有机会去台湾一定要亲口尝试对比。

那年头我们的生活简单而快乐，一部新电影即将放映的预告能让我们兴奋好几个月。我记得当时有部革命战争题材的电影《延河战火》，说的好像是解放战争初期保卫延安的故事。在电影上映前几个月，我们每天都要谈论它。这部电影在邻村放映时正是夏天，平常我们都要等太阳即将下山的时候才出去放牛，可是那天我们顶着烈日早早出门，就为了可以提前回家去邻村占座。放电影的晒谷坪边上好像也有人摆个小摊在卖各种小吃，但我们一般不予理会，除了囊中羞涩，主要还是害怕别人趁机抢占我们的座位。

今天看来，童年故乡的小吃简单甚至粗陋，当时觉得好吃可能是因为不容易得到，在饥不择食的人眼里，任何食物都是美味佳肴；现在觉得难忘更加无关味道，其中掺杂了太多感情因素，久违的亲友、远去的青春，甚至还有乡愁。

在祖父去世多年以后，祖母和外公外婆也在我去北京读书前后去世了。有个当代作家写过一部小说《世界上最疼我的那个人去了》，我经常也有这样的感觉，再也不会有人像他们那样无条件地对我好了。

写给美食的情书

　　我从小到大最惭愧的是我的胃口，最骄傲的是我的身体。惭愧是因为饭量太大，外婆总担心我长大后无法养活自己。骄傲是因为身体结实，去医院多半是为了看白衣天使。无论冬天还是夏天，无论热恋还是失恋，无论在家还是出门，从未影响到我以食为天。有些人失恋会很快发福或减肥成功，我即使运动量很大体重锐减，也会迅速反弹昨日重现。幸亏我不是地下党员，否则在敌人的美食美女面前，就算我能经得住考验，也必定天人交战苦不堪言。

　　我喜欢吃川菜和湘菜，但同时也喜欢东北菜的猪肉炖粉条和朝鲜菜的拌狗肉。我喜欢北京全聚德越来越昂贵的烤鸭，但同时也喜欢清真馆子白魁老号的烧羊肉和河南郏县新汽车站对面一家小馆的羊肉烩面。我喜欢杭州茶馆里的南瓜饼和春卷，但同时也喜欢桂林米粉和云南过桥米线。

从好吃到喜欢看写吃的文章，现在则自己动手写吃。为了写吃又恶补了一些和吃有关的知识，重看了一些写得好的美食图书。我想从一个纯粹食客的角度，谈一谈我对美食散文的感受。

常见的美食文章大致有这么几种，首先是追本溯源，考证某一种菜的来龙去脉和相关传说，以写东坡肉、宫保鸡丁等传统名菜为代表，基本是老生常谈，可以不看。其次是记述自己的饮食经历，公诸同好，即兴随意，网络上的美食博客大致如此。

再次是出于宣传的目的和写书的需要，多少有些东拼西凑和自卖自夸的成分，没有吃过的也头头是道，甚至变相为饭馆做广告，把一些昂贵难吃的菜说成是美味佳肴、尊贵享受。这种文章很容易判断，因为书中透露的饭店信息过于详细，带有不少肉麻的吹捧文字。我曾和同学按图索骥，带着一本图文并茂的北京饮食指南前往一家港式茶餐厅觅食。这家茶餐厅位于北京国贸大厦，指南作者在开篇第一页隆重推介它，说这里价钱适中、茶点精致、环境幽雅，特别指出透明的玻璃桌面下有什么精美的工艺品还是鲜花。我们当时就住在建国门外，哥俩挑个良辰吉日兴冲冲地去了。结果发现有透明桌面的只是靠墙那几张桌子，早已被人占据，茶点也平淡无奇，价钱却绝不便宜。当时我们要是有那位女作者的联系方式，一定骂到她答应帮我们买单为止。

最后一种是爱吃如命的饕餮之徒，他把美食当作情人，他也写文章，写得好也可能出书，但那是写给美食的情书。我在努力做后面这种人，可惜心有余力不足。

写美食散文和写情色文章一样，一定要同时具备两个条件：一是见多识广，一是文笔流畅。历来写食的文章不少，为什么只有东坡、袁枚、李渔最出名，因为他们就具备这两条。

东坡做官和流放的足迹西起陕西，东至山东，北上河北，南到海南，对疆域在中国历代王朝中相对狭小的宋朝来说，基本上就算天下走遍。

李渔祖籍浙江兰溪，生于江苏如皋，"其园亭罗绮甲邑内"，一生基本上在富倾天下的南京、杭州度过，家养戏班，演出自己创作的戏曲，精通戏曲和饮食理论，并且带着戏班奔走权门。

袁枚更绝，我印象中他的舒服程度只有南宋范成大可以相比。袁枚是杭州人，二十四岁中进士，在老师两江总督尹继善庇护下，做过几年江宁等地的知县后，令人生疑地三十三岁即辞官，重修南京小仓山前江宁织造隋赫德废园，改名随园。从事诗文著述，广交四方文士食客。六十五岁以后，携童仆弟子出游，足迹遍及江南的丽水名山。优游林下五十年。

至于文笔，那还用说吗。东坡是古今第一才人，李渔是明末清初戏曲巨擘，袁枚的文学成就在清朝也是屈指可数，做过几十年诗坛祭酒。

现代也有很多名人谈饮食，而且好像有了他们的名气才有人买账。但像王世襄、汪曾祺、陆文夫、唐鲁孙、蔡澜这样能吃会写的不多。很多人写的简直是当代八股，废话连篇，类似西方人的饭前祈祷、东方人的领导发言。

好的写食文章其实就是作家用文字做的一道好菜，令人食指大动，回味无穷。大多数看这种文章的人不是为了学习做菜的技巧，而是品尝文字做成的佳肴。就像很多人看情色小说不是为了学习性爱技巧，而是为了那种比影像更耐人寻味的文学情挑。人们逢年过节的时候不知为何坐卧不宁，诗人告诉他这是"每逢佳节倍思亲"，好的美食作家就要有这样的诗心。

既然要耐人寻味，就不能写成食谱菜单。美食文章其实更应该有文采，就像做好的菜色泽鲜艳才能令人垂涎；有一种特别的风情，就像做菜需要突出地方民族特点；要有剪裁，就像做菜讲究刀工装摆；不一定要字字珠玑，但一定要有点睛之笔，就像餐桌上不可能每个菜都好，但至少要有某个菜让人赞不绝口或无暇开口。我一直认为周作人的名作《故乡的野菜》最动人的其实就是那句他引用的绍兴儿歌"荠菜马兰头，姐姐嫁在后门头"。

老饕眼里的中国史

"上古之世，人民少而禽兽众，人民不胜禽兽虫蛇。有圣人作，构木为巢以避群害，而民悦之，使王天下，号之曰有巢氏。民食果蓏蚌蛤，腥臊恶臭而伤腹胃，民多疾病。有圣人作，钻燧取火，以化腥臊，而民悦之，使王天下，号之曰燧人氏。"

《韩非子·五蠹》上的这段话是中国远古历史的最好表述。有巢氏使先民有了安全的住处，燧人氏使先民不用茹毛饮血。我们的祖先终于在危机四伏的大自然中得到喘息，闲暇时开始在岩石上画一些猛兽的青面獠牙，告诫子孙见了它们拔腿就跑，千万不要相信它们是人类朋友的鬼话。这种图案在现代人眼中价值连城，我们叫它壁画。

氏族英雄就是三皇五帝的原型。这样的英雄除了有巢氏和燧人氏，还有采集草药的神农氏和发明弓箭的后羿。神农还可能开始了水稻和小麦的种植。过去人们在狩猎时经常成为猎物，动辄抬回同伴的尸体，弓箭这种新式武器使人类可以和猛兽保持距离。尽管如此，在长期的狩猎过程中，青壮年男子还是死伤殆尽，于是女人也来帮忙围猎。嫦娥很可能是打猎时失了踪，后羿觉得连身边的女人都保护不了有损自己的英雄形象，所以谎称嫦娥偷吃灵药飞上了月宫。

夏、商、周的历史开始有文字记载。除了几个明主昏君，商纣的炮烙和姜子牙的钓钩给人印象最深，它们都和饮食有关。炮烙应该就是最原始的烧烤。酒池肉林和长夜之饮当年也是纣王的罪状，现在已经稀松平常。

春秋时管仲帮助齐桓公成为五霸之一，但桓公最喜欢的却是易牙，一位敢于驱逐太子的出格厨师。易牙为了讨好桓公，曾经杀子烹献，简直禽兽不如。易牙是当时那个时代寡廉鲜耻的代表人物。

孔子对这种乱象看不过去，删定诗书六艺，"成《春秋》而乱臣贼子惧"，他自己却也是个"食不厌精，脍不厌细"的好吃之徒。他能这么讲究是因为门人弟子众多。他的招生广告是这样说的："自行束脩以上，吾未尝无诲焉"，告诉大家跟他读书的学费并不高，给点肉就行，当然上不封顶多多益善。他还和权贵交往，《论语·阳货》："阳货欲见孔子，孔子不见，归（馈）孔子豚。"中国老百姓今日切齿痛恨的腐败，其实是对大成至圣先师孔子继往开来。

孟子眼中王道的重要标志是"鸡豚狗彘之畜，无失其时，七十者可以食肉矣。百亩之田，勿夺其时，八口之家可以无饥矣"。他"君子远庖厨"的观点更广为人知，认为下厨的都是小人，因此成为千古厨师公敌。

老、庄都是后人眼中的世外高人。老子说"治大国若烹小鲜"。庄子眼中的仙人"肌肤若冰雪，绰约若处子，不食五谷，吸风饮露"，自己却是个肉食动物，不然写不出《庖丁解牛》。

在南方的吴国，一条鱼卷入政治斗争。专诸受贵族公子光之命刺杀吴王僚。由于吴王僚爱吃烤鱼，还喜欢现吃现烤，专诸把匕首藏在鱼腹中，伺机将吴王僚刺死，自己随后也被卫士剁成肉泥。

专诸是春秋刺客的代表，冯谖是战国门客的代表。他在孟尝君的客舍里为了"食有鱼"弹铗而歌，在要求提高待遇的同时希望引起主人的重视。

三家分晋的赵家是战国新兴势力的代表。他们的兴衰也和一顿饭食有关。当初赵盾在首山打猎夜宿翳桑时，遇到一位叫灵辄的三天没吃东西的男子。赵盾不但让灵辄饱餐一顿，还另外为他准备了一筐食物带回家给母亲。后来灵辄进宫做了晋灵公的卫兵。在赵盾被灵公派人追杀的紧要关头，灵辄临阵倒戈，帮助赵盾脱离险境。

有人为吃报恩，有人为吃杀人。据《左传·宣公四年》记载，楚国送给郑灵公一只巨鳖。等候郑灵公接见的公子宋食指大动，他对旁边另一位大臣子家说："通常只要我的食指大动，就一定能吃到好东西。"两人进宫后看见御厨正要解剖巨鳖，相视而笑。郑灵公问他们笑什么。子家把刚才公子宋的话告诉郑灵公。到了大宴群臣一起吃鳖的时候，郑灵公故意不给公子宋。公子宋一怒之下自己伸手去鼎中取食。郑灵公大怒。这件事为公子宋和子家联手谋杀郑灵公埋下伏笔，还造就了成语"食指大动"和"染指"。

那时候的熊并不是珍稀动物，孟子说鱼和熊掌不可兼得，所以舍鱼而取熊掌，说明熊掌在人们心目中只是比鱼略好。当然也有人特别喜欢吃熊掌，晋灵公因为熊掌没有炖熟把御厨杀了。楚成王欲废太子商臣，商臣知道后先下手为强，"冬十月，以宫甲围成王。王请食熊蹯而死。弗听"。楚成王临死前想吃熊掌，做父亲的要求并不高，不孝儿子依然不肯满足。有人说楚成王是企图拖延时间等待救兵，我倒宁愿相信他是真对熊掌不能忘情。

狗为六畜之一，在古书中提到"狗屠"的地方据说比羊屠还多。春秋战国时已有人以屠狗为业。聂政、高渐离、樊哙都是此中名人。英雄不怕出身低，屠狗也能成大器。

公元前 210 年，秦始皇东巡求长生不老未果，自己病死于沙丘，遗诏把皇位传给长子扶苏。丞相李斯、宦官赵高等扣下诏书，改立秦始皇另一个儿子胡亥，史称"沙丘之变"。据《史记·秦始皇本纪》记载："会暑，上辒车臭，乃诏从官，令车载一石鲍鱼，以乱其臭。"鲍鱼帮助他们隐瞒驾崩，最终赢得这场改变中国历史的宫廷斗争。如果按照秦始皇遗诏让贤能的公子扶苏登基，刘邦、项羽未必有机会取而代之。

刘邦做过亭长，经常在外面蹭饭，欠的人情太多，只好把朋友带回去让他哥嫂代还，"嫂厌叔与客来，阳（佯）为羹尽，辒（敲）釜"。（《汉书·楚元王传》）据说刘邦经常去樊哙处白吃狗肉，樊哙被他吃得倾家荡产，只好跟他造反。

刘邦是中国历代皇帝中公认的流氓。当项羽以烹他老爹威胁他时，刘邦认为他和项羽是结义兄弟，我爸爸就是你爸爸，不但不求情，反而请项羽煮熟后分他一杯羹，弄得天生异相的项羽瞪着一对复眼无可奈何。

刘邦夺取天下韩信功劳最大。年轻时候钓鱼技术很差的韩信经常饿得头昏眼花，若非遇见一位大方的漂母，喝下她用来织布的米浆，韩信没有机会雪胯下之辱。

公元前 196 年，刘邦平定了淮南王英布的叛乱，在班师回朝途中，经过家乡沛县，让樊哙重操旧业，召集父老乡亲大吃狗肉，是日"淮北狗群空"，野无遗狗，丰、沛三月不闻狗吠。

刘邦醉中击筑狂歌《大风》，让另一个读书不多的流氓皇帝朱元璋自愧不如：

大风起兮云飞扬，

威加海内兮归故乡，

安得猛士兮守四方！

中国古代一直是个农耕社会，所以耕牛的地位特别重要。因此《礼记·王制》规定："诸侯无故不杀牛。"古人以猪牛羊三牲齐备的祭祀为太牢，是最隆重的典礼。只用猪羊叫少牢，可见牛的珍贵。这种情况一直延续到汉代，牛肉依然是难得的美食，有人愿意为之出生入死，据《汉书·冯唐传》记载："魏尚为云中守，其军市租尽以飨士卒，出私养钱，五日一椎牛，飨宾客军吏舍人，是以匈奴远避，不近云中之塞。"

汉朝末年，一个比刘邦更无赖的人物曹操出现，他和刘备煮酒论英雄，让士兵望梅止渴。对酒当歌，横槊赋诗，烈士暮年，壮心不已。大汉王朝终于废在他父子手里。

螳螂捕蝉，黄雀在后。曹丕对自己才高八斗的弟弟曹植相煎太急，失去藩卫的皇权落入司马氏手里。司马氏夺取政权的手段连子孙都觉得无地自容，所以限制言论自由。一些敢怒不敢言的曹魏旧臣只好借酒浇愁。这是中国酿酒业的全盛时期。

竹林七贤几乎人人都是酒徒，陶渊明也是三句不离酒。

有关饮食的话题也多了起来。据南朝宋刘义庆《世说新语·言语》记载，陆机去见王武子，武子在他面前放了数斛羊酪，问陆机："你们江东有这种美味吗？"陆机说："有千里莼羹，但未下盐豉耳。"

东晋渡江以后，"王与马，共天下"，世族高门比皇族更引人注目。王羲之是世家子弟的代表，他第一次闪亮登场就是在宴会上，"年十三，尝谒周顗，顗察而异之。时重牛心炙，坐客未啖，顗先割啖羲之，于是始知名"。

当然，最能说明魏晋名士风流的还是下面这个故事：苏州高士张季鹰辟齐王东曹掾，在洛，见秋风起，因思吴中菰菜、莼羹、鲈鱼脍，曰："人生贵得适意尔，安能羁宦千里以要名爵？"遂命驾便归。

隋唐实行科举考试，寒士也有机会出将入相。王播的故事最有代表性。王播年少时孤苦伶仃，寄住扬州惠昭寺木兰院，每天随寺院钟声去蹭饭。本当普度众生的和尚们对他深恶痛绝，故意吃完饭后再敲钟。二十年后王播由朝廷重臣出镇扬州，旧地重游木兰院，发现当年他在壁上的信手涂鸦已被碧纱隆重装裱。于是吟诗一首："上堂已了各西东，惭愧阇黎饭后钟。二十年来尘扑面，如今始得碧纱笼。"

从偶尔能够跻身豪门盛宴的落魄诗人杜甫的描述来看，唐朝王公贵族的饮食已极尽奢华："紫驼之峰出翠釜，水精之盘行素鳞。犀箸厌饫久未下，鸾刀缕切空纷纶。黄门飞鞚不动尘，御厨络绎送八珍。"紫驼之峰出自西域，犀箸产自西南群山，和大唐帝国"万国衣冠拜冕旒"的强盛国势相称。

宋朝是中国外敌最多最强的朝代，同时也是中国历史上最讲究享乐的朝代，这一切都和宋太祖赵匡胤杯酒释兵权有关，当初他解除那些大将兵权的借口之一就是人生当及时行乐。北宋著名宰相寇准、晏殊都以喜欢饮宴出名。据南宋叶梦得《避暑录话》记载，"晏元献喜宾客，未尝一日不宴饮"。苏东坡发明东坡肉并把做法记下来，也是宋朝文人讲究饮食的证明。

画家张择端的《清明上河图》和孟元老《东京梦华录》见证了北宋京城汴梁的繁华，"梁园歌舞足风流，美酒如刀解断愁。忆得少年多乐事，夜深灯火上樊楼。"即使南宋小朝廷偏安江南，也不忘歌舞升平，"山外青山楼外楼，西湖歌舞几时休？暖风熏得游人醉，直把杭州作汴州。"

绍兴二十一年十月，秦桧迫害岳飞的帮凶清河郡王张俊大排筵宴，在府中招待宋高宗赵构。当时的菜单被周密《武林旧事》保存下来，这是中国历史上有据可查的最大的一桌筵席。《武林旧事》还记载了杭州名菜宋嫂鱼羹的来历。

著名爱国诗人陆游也是个吃货。他一边"僵卧孤村不自哀，尚思为国戍轮台"，一边注意饮食养生，最终活到九十高龄。

他的诗词多次提到饮食，例如"莫笑农家腊酒浑，丰年留客足鸡豚""今朝卖谷得青钱，自出街头买鲑肩。草火燎来香满屋，未容下箸已流涎"。

蒙古征服中原后，东西方饮食广泛交流，不过因为蒙古贵族拒绝汉化，所以他们吃牛羊肉的习惯对民间的影响不大。

明朝从朱元璋开始，为保卫皇权不遗余力，几乎把开国功臣诛杀殆尽。朱棣是藩王夺嫡，所以对藩王的防范变本加厉。既然信不过重臣兄弟，自然就觉得身边无后的太监"大公无私"，明朝太监威权之重在历朝首屈一指。饱暖思淫欲，他们无力宣淫，所以只好在饱暖上穷奢极欲。此外，明朝藩王不准离开封地，无所事事的王子王孙们也只好在饮食享乐上极尽能事。

张居正和戚继光是明朝文臣武将的代表人物。他们的"将相和"使明朝在肃清倭寇后一度出现中兴气象，但明人不拘小节、寻欢作乐的世风也在他们身上表露无遗。据孙承泽《春明梦余录》、王世贞《张公居正传》和黄仁宇《万历十五年》记述，两人竟是酒肉朋友。当除夕之夜蓟镇总兵府拿不出柴米油盐使将士无心过年时，北京著名餐馆的名菜如抄手胡同华家的煮猪头，却由张居正派人飞马送到戚继光的炕头。

当时的文坛领袖王世贞是两人好友，但他在《张公居正传》中提到，张居正去世的原因是纵欲过度。兵部尚书谭纶曾把房中术传授给首辅，戚继光则用重金购买"千金姬"作为礼品送进张府。

八旗子弟建立清政权后，沦为三等公民的汉族士民难免黍离之悲。于是朝廷屡兴文字狱，金圣叹就是祸从口出。临刑之前，他的两个儿子问父亲有何遗嘱。金圣叹叫他们附耳过来，悄声说："花生米与五香豆腐干同嚼，有火腿味道，千万不要让那些刽子手知道，免得他们大发横财。"

袁枚是"康乾盛世"士大夫的代表，他能够在林下优游五十年，把孔夫子的"食不厌精，脍不厌细"发挥到极致，写出中国饮食史上最有名的食书《随园食单》，和当时的国家富强、社会安定很有关系。除了袁枚为代表的官僚集团，清代另一个讲究饮食的社会阶层就是扬州的盐商。中国历史上除了易牙等卷入政治斗争、行为出格的厨师，很少有厨子能够青史留名，但盐商鼎盛时期的扬州却有不少厨子留下了他们的拿手好菜和名字姓氏。据说满汉全席就是康熙南巡时始设于扬州，因为有很多扬州名厨参与，所以其中的汉席以淮扬菜为主。

南宋有两个宋嫂鱼，晚清也有两个谭家菜。

通常大家所说的谭家菜为清末广东南海人谭宗浚所创。谭宗浚是大学士谭莹之子，二十七岁中榜眼，入翰林后督学四川，又充江南乡试副考官。但谭家菜真正名闻遐迩，却是谭宗浚之子谭青的贡献。谭青生于京城，辛亥革命后做过议员，他对饮食的讲究比其父有过之无不及。和晚清一般官宦人家热衷于广置田产不同，谭氏父子留心于饮食之道，不惜重金礼聘各方名厨，随请随辞，以博采众家之长。后来坐吃山空，实在无法维持，只好悄悄承办家庭宴席，以变相营业补贴家计。谭家菜逐渐声名远扬，当初京城谚云："戏界无腔不学谭（谭鑫培），食界无口不夸谭（谭家菜）。"谭青其实只是精于赏鉴，真正上灶者是谭家的几个姨太太和家厨。在谭家请客有一个不成文的规矩：不管谁做东都要给主人谭青一份请柬，留席备盏。谭青经常欣然入座，吃酒寒暄。

另一个谭家菜指的是谭延闿家的菜。谭延闿字组庵，号畏公，来自湘菜的故乡湖南长沙，从小耳濡目染，在投身革命的同时留心饮食。早在他中进士之初，便在京城食界小有名气。谭延闿喜食鱼翅，家厨便用鸡肉、五花肉与鱼翅同煨，使鱼翅更加滑润醇香。借助有幸成为谭府座上客的达官贵人们的口碑，"组庵鱼翅"很快声名远扬。民国初年，谭延闿在长沙任湖南督军，"组庵鱼翅"正式成为湘菜中的名馔。

如果说谭延闿是结束封建的历史见证人，和谭青同样来自广东南海的江孔殷先生，则是欧风东渐的代表。江家祖上是号称"江百万"的茶业巨子。江孔殷本人也中过翰林，做过太史。辛亥革命后，江太史隐居广州祖宅"太史第"诗酒自娱，不久出任英美烟草公司华南总代理。横跨四条街的广州同德里十号"太史第"内食风之盛，又非以上两家谭府可比。

/后记：在故乡的青山上/

清晨，拉开阳台的玻璃门，扑面而来的大概就是北方人所谓的杨柳风，吹面不寒。

我家的阳台正对着涌金门的城楼，不过这个涌金门不在杭州西湖边，而在我的故乡南方小城。连接涌金门和郁孤台的这一段江边城墙维护完好，是小城最值得一游的景点。如果你来小城做客，一定要去看看。当年辛弃疾在江西提点刑狱，就是和你一样站在郁孤台前，"西北望长安，可怜无数山"，写下那首著名的《菩萨蛮》。

我喜欢登上城楼眺望章江对岸的隐隐青山，因为我小时候生活的小山村就在更远处开满映山红的山间。我已经回到故乡小城将近一年，却不曾回过那个童年的山村。近乡情更怯，我终于有些明白古人。

这些年来，我唯一坚持不懈的就是逐饮觅食，最喜欢的素菜依然是辣椒豆角，最喜欢的荤菜依然是宁都肉丸和蒸松丸，最喜欢的酒饮依然是清甜的米酒。当年那个在外婆灶前整天喊饿的小胖墩其实从未长大，他和今天这位流连茶楼酒肆痛饮狂歌的落魄男子，连身材都没有变化。

据说外婆坟前的小树已经参天，树犹如此，人何以堪。清明的时候我很想去为外婆的坟墓清理杂草，默默地坐在她的坟前陪她聊天，但我可能依然会选择遥念。我害怕外婆看出我依旧沉沦，不希望她为我担心。外婆是世上最疼我的人，"落月满屋梁，犹疑照颜色"，在我的世界里她从不曾走远。

朝雨浥轻尘。我回到床上躺下闭目养神，蒙眬中似乎听到鹧鸪声声。我恍惚回到了故乡的青山。